조정래 대하소설

태백산맥

청소년판
10

조정래 대하소설

태백산맥

청소년판
10

제4부
전쟁과 분단

조호상 엮음 | 김재홍 그림

해냄

민족의 숙원, 평화통일의 길

'통일이 안 되고 이대로 살아도 상관없다.' 그 수가 해마다 조금씩 늘어 최근에는 24퍼센트가 되었다. 이건 대학생들을 상대로 한 여론조사의 결과이다. 나는 이런 현상을 보며 무척 당황스럽고 몹시 두려움을 느낀다. 이 땅의 대표적인 젊은 지식층의 네 명 중 한 명이 '굳이 통일할 필요가 없다.'고 생각하고 있으니 이게 어찌 된 일인가.

그 놀라움과 동시에 하나의 생각이 떠오른다. '그럼 청소년들은 어찌 생각하고 있을까!' 그러나 그 의문에 대한 응답은 없다. 왜냐하면 미성년자인 청소년들은 여론조사의 대상이 아니기 때문이다.

그러나 그 결과는 대충 짐작이 된다. 대학생들보다 그 비율이 높으면 높았지 낮지 않을 것이다. 청소년들은 대학생들에 비해 역사인식이 더 낮을 수밖에 없기 때문이다.

대학생들의 그런 반응은 꼭 그들만의 책임일 수는 없다. 국어와 역사 시간을 줄여 영어 시간을 늘리는 우리의 교육 문제부터 잘못되어 있는 탓이다. 역사 교육을 제대로 받지 못하고 있으니 우리 민족의 숙원이고 비원인 통일 문제마저 그렇게 소홀하게 여기게 된 것이다.

우리가 분단되어 서로를 적대시하고 살아가는 것만큼 큰 비극과 어리석음은 없다. 수천 년에 걸쳐서 한 민족으로 살아온 우리가 반으로 갈려 산다는 것은 허리를 반으로 잘려 사는 불구의 삶이나 다름없다. 반신불수의 삶, 그것처럼 큰 불행과 슬픔은 없다.

그 잘린 허리를 잇는 일, 그것이 소설 『태백산맥』을 통해서 하고 싶어 한 일이었다. 우리 한반도의 허리는 태백산맥이고, 그 '허리 잇기' 작업이 소설 『태백산맥』이라서 제목이 그렇게 정해졌다. 그 상징적 의미가 청소년 여러분에게 제대로 전해졌으면 좋겠다.

우리 한반도는 강대국들 사이에 끼어 있는 작은 땅이다. 그래서 우리 민족은 영원히 약소민족일 수밖에 없다. 그것은 우리의 힘으로는 피할 수 없는 일이기 때문에 우리의 운명인 것이고, 숙명이다. 그것처럼 슬프고 속상한 일도 없다. 그런데 우리가 남과 북으로 분단되어 있다는 것은 그 슬픔과 속상함을 더욱더 키우는 일이다. 우리가 약소민족으로서 그나마 좀 제대로 살아보려면 꼭 한 가지 방법밖에 없다. 그건 바로 통일이 되어야 하는 것이다. 통일이 되어야 불구의 삶을 면하는 동시에 우리의 힘이 커질 수 있기 때문이다.

청소년들은 너나없이 공부에 시달리느라고 소설을 읽을 시간이 없다. 그 잘못된 교육 제도를 일시에 뜯어고칠 수 없으니 조금이나마 시간 절약하며 쉽게 읽을 수 있도록 청소년판을 새로 꾸몄다. 아무쪼록 내일의 주인인 청소년들이 이 책을 벗 삼아 민족 통일의 필요성을 빠르게 인식하기를 간절히 바란다.

2016년 10월 22일

차례

제4부 전쟁과 분단

24

피아골

지리산에 가을이 무르익고 있었다. 골짜기마다 단풍이 흐드러지지 않은 데가 없지만, 피아골에는 금방 뿌려 놓은 핏빛 같은 선홍의 단풍이 유독 많았다. 피아골을 지리산 10경 중 하나로 끼게 한 나무가 바로 단풍나무였다. 피아골에는 단풍나무가 유난히 많고 그 곱기도 빼어났다. 푸른 가을 하늘과 어우러진 새빨간 단풍의 투명함은 흡사 백설 위에 점점이 찍힌 피의 선연함이었다.

피아골 단풍이 그리도 핏빛으로 고운 것은 먼 옛날부터 그 골짜기에서 죽어 간 수많은 사람들의 원혼이 그렇게 피어나는 까닭이라고 했다.

한 맺힌 죽음은 임진왜란 때부터 시작되었다. 조선왕조라는 것이 한심하고, 거기에 붙어 영화를 누리는 벼슬아치들 또한 한심하여 왜놈들이 쳐들어와도 막아 낼 도리가 없었다. 왜놈들은 방화와 약탈과 살인을 일삼으며 경상도 지방을 휩쓸고, 전라도 땅도 더럽히려 들었다. 그놈들이 섬진강을 따라 전라도 땅으로 들어오는 길목이 바로 피아골 입구였다. 그 길목에서 왜놈들을 막아 내지 못하면 전라남도 내륙을 그대로 내줄 수밖에 없었다. 관군은 있으나 마나고, 백성들은 의병을 일으키지 않을 수 없었다. 거기에 승려들도 합세하여 연곡사에 지휘 본부를 만들었다. 의병은 밀려드는 왜놈에 맞서 싸웠지만 무기부터 비교되지 않았다. 의병은 섬진강 상류를 피로 물들이며 죽어 갔고, 피아골로 밀렸다. 싸우며, 죽으며, 밀리기를 되풀이하면서 의병은 연곡사마저 빼앗기고 피아골로 깊이 들어갈 수밖에 없었다. 그러다 결국 왜놈들의 포위에 걸려 삼홍소 부근에서 거의 다 잡히고 말았다. 왜놈들은 의병들을 바위에 세워 일일이 목을 쳐 죽였다. 칼을 칠 때마다 목 따로, 몸뚱이 따로 계곡물에 곤두박였다. 삼홍소가 시체로 넘치고, 피로 물든 계곡물이 흘러 강까지 닿았다.

갑오년에 일어난 농민전쟁으로 피아골은 또 피로 물들었다. 그때도 농민들은 목이 뎅겅뎅겅 잘리며 계곡물에 곤두박여 죽어 갔다. 알량한 왕조는 왜놈들을 불러들여 청부 살인권을 주었던 것이다.

그다음으로, 조선을 식민지로 만들려는 왜놈들에게 저항하여 도처에서 의병들이 일어났다. 그때 전남 의병은 몰리고 몰리다 피아골에서 최후를 맞았다.

여순 사건 때도 많은 사람들이 섬진강을 건너 피아골로 쫓겨와 피를 뿌렸다.

이해룡은 화엄사골과 문수리골을 거쳐 피아골로 파고들었다. 그는 안전을 위해 이동 병력을 세 골짜기에 분산시켰다. 그렇게 전남도당에 지리산 지구가 새로 형성되고 있었다.

이해룡은 유치 지구에서 지리산 지구로 옮기면서 연대장에서 부사령관이 되었다. 직위가 올라갔지만 별다른 기쁨은 없었다. 그의 신경은 지리산 지구가 만들어질 수밖에 없는 상황에 집중되어 있었다. 불갑 지구가 일찌감치 소멸되었고, 노령 지구도 차츰 약해지다가 끝내 소멸되었다. 다른 지구들도 해방구를 점차 잃더니 이젠 해방구를 확보한 지구가 하나도 남지 않았다. 지리산 지구가 생겨난 것은 그 때문이었다. 그런 상황 변화는 여순 투쟁 때와 똑같은 과정이었다. 평지에서 야산으로, 야산에서 더 크고 깊은 산으로, 거기서 또 더 크고 깊은 산으로, 그 마지막에 지리산이 있었다.

"저 아래가 삼홍소구만이라."

구례군당의 선요원이 걸음을 늦추며 아래쪽을 손가락질했다.

"오륙 년 전이나 별로 달라진 게 없는 것 같소."

이해룡은 눈에 익은 삼홍소를 바라보며 옛 기억과 함께 물큰 풍겨 오는 냄새를 맡고 있었다. 그 아련한 추억의 냄새 속에는 염상진 선배의 냄새도 섞여 있었다. 적색농민운동 주모자 검거와 학병을 피해 염상진과 지리산 생활을 하면서 이맘때쯤이면 땅꾼 노릇을 하기에 정신이 없었다. 뱀 잡기는 단순한 재미나 소일거리가 아니었다. 지리산 독사는 보신에 좋은 특효약으로 소문나 있었고, 가을 뱀은 약효가 더 좋다고 했다. 그래서 9월부터 10월 말까지는 뱀 값이 최고로 올랐다. 그건 자신들이 월동 준비를 할 수 있는 좋은 기회였다.

"어째 이러고 서 있소? 길 까먹었소?"

하대치가 이해룡 옆으로 다가서며 물었다.

"아, 하 동무! 이 골짜기가 피아골이오. 다 온 겁니다."

이해룡은 생각에서 깨어나며 하대치를 반갑게 대했다.

"잉, 피아골! 참말로 단풍이 오지요이."

하대치가 숨을 있는껏 들이켰다.

"강행군을 했으니 잠시 휴식을 취하게 하는 게 좋겠소."

"그리 혀얄 것이요. 비무장들은 산 타는 것이 무장들보다 서툰 께로."

하대치는 말로만 들어온 피아골 골짜기의 단풍을 눈에 담으며 대꾸했다.

"도착하는 부대별로 휴식을 취하게 하도록!"

이해룡이 연락병에게 명령했다.

"단풍도 기막히고, 물소리도 기막히오. 우리도 앉아서 담배나 한 대씩 꼬실립시다."

하대치의 들뜬 듯한 목소리였다.

"경치가 볼 만합니까?"

이해룡이 하대치를 보며 웃었다. 그 웃음에 따라 그의 왼쪽 볼에 길게 팬 번들번들한 흉터가 이상한 모양으로 구겨졌다. 총알이 스치고 간 흉터가 반듯하던 그의 얼굴을 망가뜨려 놓은 것이었다. 하지만 그는 '빨치산의 훈장'이라며 대수롭지 않게 말하고는 했다.

"지리산이 요리 한없이 크고, 또 골골이 풍광 기막힌 것에 놀라 뿌렀소."

하대치가 비탈을 내려가며 말했다.

"하 동무, 그렇게 놀라고만 갈 것이 아니라 지리산에 온 기념으로 피아골 독사나 몇 마리 잡아먹고 가시오."

이해룡이 옆에서 걸으며 말했다.

"비암을! 고런 징상스런 소리 마씨요."

하대치가 목청을 높이며 우뚝 멈춰 섰다.

"아니, 왜 뱀 고기 못 먹소?"

이해룡이 의아스럽게 하대치를 보았다.

"아이고메, 이 동무나 비암 많이 먹고 오래 사씨요. 나야 싫은 께로."

하대치가 화난 듯한 얼굴로 말했다.

그들은 물가에 다다랐다. 해맑은 물줄기를 따라 울긋불긋한 나뭇잎이 떠내려가고 있었다.

"여기 앉읍시다." 이해룡이 바위에 걸터앉으며 "하 동무, 이건 농담이 아닌데, 가을 뱀은 영양이 좋으니까 몇 마리 먹어 봐요. 씨름 대회에 나가자면 기운을 돋워야지."라며 사뭇 진지하게 말했다.

"아이고메, 씨름을 첫판에 지고 말지 고 징헌 비암은 못 먹겠소."

하대치는 질색을 했다.

하대치는 두 가지 일을 하기 위해 잠시 지리산에 온 것이었다. 비무장들의 이동을 그의 무장 부대가 경계해 주는 것과 10월 혁명 기념 씨름 대회에 참가하는 것이었다. 그러나 하대치에게는 또 하나의 개인적인 목적이 있었다. 씨름 대회에서 '이현상 선생'을 만나 보는 것이었다. 그래서 씨름 대회에 나가라는 권유에 선뜻 응했는지도 몰랐다.

곧 간부들이 모여들었다.

"동지 여러분, 우리는 목적지 피아골에 도착했습니다. 오늘은 강행군을 한 데다 시간도 늦었으니 비트는 내일부터 만들겠습니다. 지금부터 부대별로 저녁밥을 짓고 야영할 장소를 찾으십시오."

이해룡은 하대치와 농담할 때와 달리 얼굴에 상급 지휘관다운 무게가 실려 있었다. 하대치는 그런 이해룡의 모습을 바라보며, 저 사람도 인제 염 동지허고 어슷비슷허니 되었구만 하고 생각했다. 그의 왼쪽 볼을 길게 찢고 있는 흉터도 꼭 흉하게만 보이지는 않았다. 그의 말마따나 그것은 '빨치산의 훈장'으로 당당하고 값져 보이기도 했다.

지시를 받은 간부들이 흩어졌다. 그 속에 하대치를 따라온 강동기와 천점바구도 있었다.

"여기가 산 높기로 치자면 어디쯤이요?"

하대치가 골짜기를 둘러보며 이해룡에게 물었다.

"이 피아골이 50리라는데, 그 중간쯤 되겠소."

"우선 안전허기는 허겄는디……."

하대치는 말끝을 흐리며 고개를 저었다.

"왜 그러시오?"

이해룡이 빠르게 물었다.

"지리산을 와서 봉께 듣던 것보다 훨씬 크고 깊은 산이요. 긍게로 먹을 것만 있다면 피허기 좋겠는디, 먹을 것이 없어서야 낭패 아니겠소. 이리 깊이 들어앉으면 보투가 얼마나 힘들겠소."

하대치가 걱정스럽게 말했다.

"도당에서도 그 문제가 걱정이었소. 그러나 토벌대의 공격이 거세져서 우선 피할 수밖에 없었소. 구례군당과 힘을 합쳐 이번 겨울을 넘기는 것이 우리 지구가 할 일이요. 겨울만 넘기면 다시 도당으로 돌아가게 되니까요."

"하먼이라. 형편이 좋아져서 지리산을 벗어나야겠제라. 옛적부터 들판에서 들고일어난 백성들은 산으로 피해 가면서 싸우고 싸우다가 지리산으로 몰리면 끝장났다는 것인디, 우리야 싹 다 지리산으로 쫓겨 온 것이 아니고 비무장만 임시로 빠진 것잉께 다르기야 허지만, 그려도 지리산에 와서 봉께로 맘이 탁 까라지는 것이, 자꾸 그 말이 되씹히고 그러요."

"사실 지리산은 투쟁지가 아니라 투쟁의 마지막 장소일 뿐입니다. 지리산으로 들어오면 더는 갈 곳이 없고, 길목을 다 막아 버리면 꼼짝할 수 없게 됩니다. 싸워서 죽지 않으면 긴 겨울에 굶어죽을 수밖에 없지요. 그러니 봄이 오면 바로 벗어나야지요. 투쟁은 언제나 인민 옆에서 해야 됩니다."

"근디 우리가 이동허는 것을 적들이 다 아는디, 고것은 어찌 되겠소?"

유인작전을 써 가며 야간 이동을 했어도 이쪽의 수가 워낙 많아서 적들의 눈을 말끔하게 속일 수는 없었다. 하대치는 그게 마음에 걸렸다.

"각 지구들이 맹렬하게 투쟁하고 있으니 토벌대도 당장은 이쪽으로 병력을 투입할 수 없겠지요. 우린 이 넓은 지리산을 피해 다니며 싸우고, 그러는 동안 각 지구들이 빼앗긴 해방구를 되찾으면 더 좋은 일이 없겠지요. 허나, 적들이 그리 미련하겠소?"

이해룡의 말에는 풀기가 없었다.

"지리산에는 우리 도당만 들어온 것이 아니라는디, 다 합치면 얼마나 되겠소?"

"남부군 사령부 병력은 삼사백일 뿐이고, 전남·북도당에 경남도당까지 합하면 한 삼사천 되지 않을까요. 참, 나 보투 나갈 참인데 같이 갑시다."

이해룡이 밝은 얼굴로 일어났다.

"보투요?"

하대치가 의아스런 표정을 지었다.

"뱀 잡으러 가잔 말이오."

"와따 참말로 그놈의 비암 이야기 찔기기도 허요. 혼자 가서 배 터지게 잡아먹고 오씨요."

하대치가 벌컥 화를 내듯이 말했다.

"ㅎㅎㅎㅎ……"

이해룡은 어깨를 들먹거리고 웃으며 돌아섰다.

하대치는 손바가지로 물을 떠서 몇 모금 마시고 자기 부대를 찾아 나섰다.

"대장님, 여기구만이라 여기!"

하대치는 소리가 들리는 쪽으로 고개를 돌렸다. 강동기가 손을 흔들고 있었다.

"밥은 어찌 되야가요?"

하대치가 친근한 눈길로 대원들을 둘러보았다.

"인제 끓으라고 허능마요."

강동기가 손짓으로 자리를 권하며 대답했다.

"천 동무는 어디 있소?"

하대치는 강동기 옆에 앉으며 물었다.

"저 바위 옆에 자리 잡았구만요."

"좀 불러왔으먼 좋겠소."

"그러제라."

강동기가 연락병을 띄웠고, 곧 천점바구가 나타났다.

"우리 부대가 맡은 임무는 다 끝났소. 오늘 밤 푹 쉬고 낼 아침에 여길 뜰 참이요. 남은 일은 씨름 대회를 보고, 지구로 돌아가는 일잉께 끝까지 대원들 단도리 잘혀 주시오."

하대치가 강동기와 천점바구에게 말했다.

"야아, 알겠구만이라."

천점바구와 강동기가 함께 대답했다.

"씨름 연습은 많이 허셨는게라?"

강동기가 하대치에게 넌지시 물었다.

"연습헐 새가 어디 있소. 그냥 옛날 맘으로 샅바 잡고 한바탕 놀아 보는 것이제."

하대치는 씽긋 웃었다.

"장사헌테 황소를 상으로 준다는 말이 있등마, 고것이 참말일 께라?"

천점바구가 하대치를 보았다.

"헛말은 아닐 것이요. 씨름판이야 소가 상금으로 안 걸리면 신 바람이 안 나는 법잉께."

"대장님이 그 소를 따내씨요. 그놈을 몰고 지구로 돌아가면 대 원들이 얼마나 좋아허겠는게라."

천점바구는 눈을 빛내며 말했다.

"맘이야 그러고 싶은디, 어려울 것이요. 빨치산 환갑이 스물다 섯이라면 씨름꾼 환갑은 그보다 더 밑인께로. 내가 나이는 쉰 데 다가 키까지 크다 말었으니 소 탈 욕심은 털어 뿌는 것이 안 좋 겄소?"

하대치가 웃으며 말했다.

이튿날 아침, 하대치는 부대와 함께 피아골을 떠나 달궁골을 향했다.

"이 동무, 해동되면 만납시다이!"

하대치가 이해룡의 손을 굳게 잡았다.

"그럽시다. 씨름에 꼭 이기도록 하시오. 여기서 이기면 지리산 장사요."

이해룡도 하대치의 손을 굳게 잡았다. 손을 놓고 돌아서는 하대치의 눈 언저리가 파르르 떨렸다. 이해룡의 눈가에도 경련이 스치고 지나갔다.

선요원을 앞세운 하대치 부대는 피아골을 치올라 임걸령까지 한 번도 쉬지 않았다. 임걸령 샘터에서 목을 축인 그들은 곧장 심원계곡을 타고 내렸다. 그들이 달궁에 도착한 것은 오후 3시경이었다. 보통 사람의 세 배는 될 상상할 수 없는 빠르기였다. 그런데 선요원은 그 빠르기마저 불만스러워했다.

달궁을 처음 본 하대치와 대원들은 모두 놀랐다. 골짜기가 갑자기 확 트이면서 눈앞에 평평한 풀밭이 펼쳐져 있었다. 지리산에 들어와 사흘 동안 줄기차게 골짜기만 오르내리면서 그런 곳은 본 일이 없었다. 그 넓은 풀밭에는 천막이 대여섯 개 쳐져 있었다. 맑게 흐르는 물과 넓은 풀밭과 울긋불긋 물든 숲과 천막들―. 그지없이 평화로운 별천지 풍경이었다.

"옛날 여기에 궁궐이 있었기 때문에 달궁이라고 헌답디다. 저 천막은 남부군 사령부 기동부대 것이오."

선요원의 설명이었다.

"허면 이현상 선생님이 저기 계신단 말이제라?"

하대치의 긴장된 목소리였다.

"하먼이라. 내가 도착 보고를 허고 올 것잉께 쉬고 있으씨요."

선요원이 다람쥐처럼 재빨리 돌을 타고 개울물을 건너갔다.

하대치는 그때서야 골짜기 여기저기 자리 잡고 있는 사람들을 보았다. 씨름 대회에 참가하러 온 다른 도당의 대원들이었다.

"동무들, 편허게 앉어 쉬씨요."

하대치는 이렇게 말하고 바위에 걸터앉으며 어제와 달리 황소를 한번 타 볼까 하는 욕심이 슬그머니 동했다.

부하들을 쉬게 한 하대치는 연락병을 데리고 골짜기를 돌아보며 구례군당과 함께 오기로 되어 있는 김범준 소장을 기다렸다. 염상진이 그분을 지리산까지 무사히 모시라고 특별히 당부했던 것이다.

하대치는 이번에 김범준을 며칠 동안 가까이에서 대하면서 염상진이 그 사람을 왜 그리 대단하게 생각하는지 알 수 있었다. 그는 잔잔한 웃음이 감도는 얼굴로 온종일 말 한마디 없었고, 어쩌다 아랫사람들이 작전에 대해 물으면 한동안 생각하다가 고개를 끄덕이거나 저었다. 입을 열 때도 하는 말은 짤막했다. 그런데 그 작전 지시가 빈틈없이 들어맞고는 했다. 나이가 많은데도 젊은 대원들과 똑같은 속도로 걷는가 하면, 대원들보다 쌀이 좀 더 많이 놓인 밥은 한사코 먹지 않았다. 웃음기 감도는 얼굴에 비해 눈은 이상하게 매웠는데, 세상의 모든 일을 다 알고 있을 것만 같았다. 날이 갈수록 그 앞에 서는 것이 어려워지면서도 마음은 끌렸다. "오랜 투쟁 경력이 저런 인품을 만들어 내는 거요." 그분을 모시게 된 것을 기뻐하며 이해룡이 한 말이었다. 그분은 지리산 지구 사령관을 옆에서 돕는다고 했다. 차마 지구 사령관을 맡길 수가 없어서 그리된 것이고, 사령관의 '옆'에 있는 것이 아니고 '위'에 있다고 하대치는 나름대로 판단했다.

구례군당은 두 시간쯤 지나 도착했다. 하대치는 허겁지겁 그쪽으로 뛰어갔다.

"장군 동지, 인제 오시는게라. 지 부대는 쪼깐 아까 여기 도착했구만요."

하대치가 거수경례를 붙이며 보고했다.

"아 하 동지, 수고하셨소."

김범준이 따스하게 웃으며 경례를 받았다.

"푹 쉬씨요, 하 동무."

김범준 옆에 선 지구 사령관이 반갑게 말했다. 그리고 그 두 사람은 선요원을 앞세워 천막으로 갔다.

선요원이 가운데 천막 앞에서 걸음을 멈추었다.

"김 장군 동지허고 지구 사령 동지께서 오셨구만요."

선요원이 보초에게 말했다. 보초가 재빨리 천막에 들어갔다가 나와서 말했다.

"안으로 드십시오."

김범준이 천막 안으로 들어갔다.

"김 장군 동지, 어서 오십시오."

굵고 부드러운 목소리가 김범준을 맞았다. 김범준은 손을 내미는 오십객의 남자가 이현상임을 알아보았다.

"처음 뵙겠습니다. 김범준이라고 합니다."

김범준이 상대방의 손을 잡으며 나직하게 말했다.

"인사드립니다. 이현상이라고 합니다."

손을 맞잡은 그들 사이에는 초면 같지 않은 어떤 친숙함과 반가움이 오가고 있었다.

"저쪽으로 앉으시지요."

이현상이 자리를 권했다.

김범준은 뒤에 서 있는 지구 사령관을 인사시켰고, 그들이 인사를 나누는 사이에 이현상을 살폈다. 강건하게 다져진 체격에

기름한 얼굴이 중후했다. 유난히 맑은 눈은 부드러운 듯 예리한
빛을 품고 있었고, 큰 귀는 복스러우면서도 인정이 많아 보였다.
그리고 가무잡잡한 얼굴에 잡힌 주름살은 평생을 혁명의 길에서
살아온 고난과 경륜을 담고 있었다. 그 전체적인 모습이 그 유명
한 혁명가 이현상과 잘 조화를 이루고 있었다. 이현상은 빨치산
답게 미군 장교복 차림이었다.

  "김 동지의 경력은 전해 들었습니다. 중국에서 고생 많으셨습

니다."

자리를 잡은 이현상이 나지막하게 말했다.

"저야 뭐……. 적진 속에서 싸우시느라 이 선생께서 고난을 많이 겪으셨지요."

"숨어 사느라 변변히 투쟁해 본 적이 없어 부끄러울 따름입니다."

이현상은 세심한 눈길로 김범준의 면모를 살피고 있었다.

"겸양의 말씀이십니다. 퇴로를 두고 적과 싸우는 것하고, 퇴로도 없이 적진 속에서 싸우는 것은 그 어려움을 비교할 수가 없지요."

김범준의 신중한 말이었다.

"예……. 그런데 그게……."

이현상이 미간을 좁히며 말을 멈추었다. 김범준은 그가 속말을 되넘겼음을 여실하게 느꼈다.

김범준은 조선공산당의 두 갈래인 남로당과 북로당, 그리고 거기에 연결된 국내파와 국외파에 대해 생각했다. 이현상이 그것과 관련된 말을 되넘겼다는 것을 짐작하기는 어렵지 않았다. 그 말은 정치적인 것일 테고, 그래서 함부로 말할 수 없는 것이기도 했다. 김범준은 혁명과 정치의 복잡한 관계를 오래 생각하고 싶지 않았다. 지금은 오로지 혁명전쟁의 시기라는 것만을 생각하고자 했다.

10월 혁명 기념 씨름 대회 날은 더없이 쾌청했다. 청명한 햇살이 달궁에 가득 퍼지면서 기념식이 시작되었다. 남부군 사령부 병력과 전남·북, 경남도당 대원들까지 600여 명이 풀밭에 도열했다. 10월 혁명을 이룬 볼셰비키의 위대한 정신을 이어받아 해방 투쟁을 더욱 가열하게 전개하자는 내용으로 이현상이 짤막하게 연설하고 씨름 대회로 들어갔다.

가지가지 색깔로 물든 숲은 운동회 날 펄럭이는 만국기와 다름없었고, 풀밭은 모래밭보다 좋은 씨름판이었다. 풀밭 가장자리에 매어 둔 황소는 씨름 대회의 기분을 한껏 돋우고 있었다.

도당별로 뽑힌 선수들이 씨름판으로 나섰다. 각 도당의 대원들은 와아, 와아 소리를 지르며 응원했다. 그런 열기 속에서 하대치는 아까부터 이현상에게 눈길을 박고 있었다. 그는 오래 간직해 왔던 소망을 이룬 참이었다. 그의 바람은 그저 이현상의 얼굴을 한 번만이라도 보는 것이었다.

"와아, 다리 걸어라, 다리!"

"어, 쩌쩌쩌쩌……."

"넘겨라, 넘겨!"

대원들은 제각기 외치고 손짓해 가며 신명을 올렸다.

차례가 되어 하대치는 웃통을 벗고 씨름판에 나섰다. 부대원들이 소리소리 질렀다.

샅바를 잡고 일어서며 하대치는 벌써 상대방이 약하다는 것을 알아챘다. 어깨와 다리에 받쳐 오는 힘이 영 시원찮았다. 하대치는 허리를 불끈 세우며 두 팔을 끌어당겼다. 상대방이 붕 떠올랐다. 하대치는 허리를 약간 비틀었다. 그 연속 동작에 상대방은 나가떨어졌다.

다섯 판을 별 어려움 없이 이기고 하대치는 여섯 판째에서 결승전에 나섰다.

"대장님 꼭 이기씨요이."

"소가 대장님 보고 웃소."

대원들은 신바람이 나서 말했다.

하대치는 씨름판으로 나서며 상대방을 보았다. 어깨가 떡 벌어진 체구에 젊디젊은 얼굴이었다. 스물이나 됐을까.

하대치는 상대방의 다리샅바를 틀어잡으며 손목을 확 꺾었다. 손목에 느껴지는 상대방의 힘이 제법 짱짱했다. 샅바 잡기가 끝나고 서로의 힘을 어깨로 받치며 두 사람은 천천히 몸을 일으켰다. 상대방이 먼저 공격을 가해 왔다. 들어치기를 할 듯 허리치기로 들어왔다. 하대치는 상대방의 샅바를 확 끌어당기면서 허리를 뒤로 뺐다. 공격을 피하면서 상대방의 중심을 허물어뜨리는 것이었다. 상대방이 흔들리는 느낌과 함께 하대치는 다리걸기로 공격해 들어갔다. 그러나 상대방의 기운은 예사가 아니었다. 분명 다리가 감겼는데도 넘어가지 않고 오히려 큰 몸집으로 누르고 들었다. 다리를 감은 채 눌리면서 밀리다가는 볼품없이 주저앉게 될 것이었다. 하대치는 다리를 풀면서 허리치기로 연결시켜야 한다고 생각했다. 몸의 중심을 뒤로 빼며 다리를 풀었다. 순간, 상대방이 업어치기로 들어왔다. 그는 졌다는 것을 직감했다. 그러면서, 하면 한 살이라도 덜 먹은 기운이 이겨야 순리제, 하는 생각과 함께 몸이 붕 떠올랐다. 한순간에 골짜기와 사람들과 하늘이 빙그르르 뒤집히는 것을 보며 하대치는 풀밭에 쿵 나가떨어졌다.

큰 함성이 터져 올랐다.

풀밭에 주저앉은 하대치는 웃는 얼굴로 상대방을 올려다보며 팔을 뻗쳤다. 얼굴이 상기된 젊은이가 하대치의 손을 붙들어 일으켰다.

"동무, 기운 참 세요. 투쟁 잘허씨요이."

하대치가 젊은 대원의 어깨를 두들겼다.

"야아, 상한 데 없는교?"

젊은 대원이 고개를 꾸뻑했다.

"대장님, 아슬아슬했는디요이."

"참말로, 황소 내주기는 아까운디."

대원들은 박수를 치면서도 아쉬움을 감추지 못했다.

"저 사람이 나보담 훨씬 세요. 젊은 기운에 기술까지 좋은께 내가 지는 것이야 당연지사요."

하대치의 구김살 없는 말이었다.

젊은 장사에게 소가 상으로 주어졌고 그 소는 오늘의 잔치를 위해 잡게 되었다.

소 잡이에 지난날 백정 노릇을 하던 대원들이 나섰다. 당연히 천점바구도 나섰다.

부대마다 쇠고기가 나눠졌고, 고기를 굽고 끓이는 냄새가 달궁 골짜기에 진동했다.

점심을 배불리 먹은 대원들을 기다리고 있는 것은 오락회였다. 오락회는 씨름 대회 못지않게 모든 대원들을 흥겹고 즐겁게 만들었다. 문화공작대가 이끄는 오락회는 다채롭고도 성대했다. 단막극·노래·집단춤·개인 장기 등으로 엮어지면서 흥겨움이 넘쳐났다.

해가 지면서 오락회가 막을 내렸는데, 그 마지막 순서는 〈빨치산의 노래〉 합창이었다.

태백산맥에 눈 날린다
총을 메어라 출진이다
눈보라는 밀림에 우나
가슴속엔 피 끓는다

참고 견디는 고향 마을
만나러 가자 출진이다
고난에 찬 산중에서도
승리의 날을 믿었노라
높은 산을 넘어 넘어
눈에 묻혀 사라진 길을 열고
빨치산이 영을 내린다
원수를 찾아 영을 내린다

모든 대원이 똑바로 서서 합창을 했다. 애조를 띤 듯 힘이 넘치는 노랫소리가 달궁에 울려 퍼지고, 서쪽 하늘에서는 노을이 붉게 타고 있었다.

25

새로운 전술

각 지구는 무장 병력을 중심으로 정예화되었다. 산악 이동 투쟁을 위해 기동성을 갖춘 것이다. 그와 함께 총사에서 각 지구에 내린 지령은 철도 파괴와 열차 습격, 교량 파괴였다. 그런 전략은 주전선에서 벌어지고 있는 유엔군의 대공세와 휴전회담에 맞걸려 있었다. 후방으로 적을 유인함으로써 주전선의 공격을 둔화시키자는 빨치산 본연의 임무 수행이었다.

염상진은 그 투쟁 효과를 높이기 위해 병력을 상황에 따라 분산·결합시키면서 야간 침투와 이동에 주력한다는 원칙을 정했다. 빨치산이 적을 제압할 수 있는 방법은 기동성뿐이었다.

염상진은 지난 9월, 지리산에서 열린 6개 도당 회의 결정을 중요하게 생각하지 않았다. 각 도당의 유격대를 사단 편제로 바꾼다는 것과, 도당들이 발행하고 있는 《로동신문》의 제호를 '승리의 길'로 바꾼다는 결정이었다. 그 두 가지 결정은 투쟁에 아무 이익 없이, 혼란을 일으킬 뿐이었다. 그런 결정을 하려고 도당 위원장들이 위험을 무릅쓰고 지리산까지 모였단 말인가. 염상진은 실망스러웠다. 그 회의를 소집한 사람은 이현상이었다. 그의 실망은 곧 이현상에 대한 실망이었다. 그분은 무슨 생각을 하고 있는 것일까. 전남도당을 남북으로 갈라 '57사단·58사단'으로 한다고 투쟁에 무슨 효과가 생기는 것일까. 《전남로동신문》을 '백운산 승리의 길'과 '백아산 승리의 길'로 이름을 바꾼다고 투쟁에 무슨 이득이 있겠는가. 염상진은 아무리 생각해도 납득되지 않았다. 중학생 시절부터 항일 투쟁에 나섰고, 1925년에 조선공산당을 창당한 주요 인물이며, 일제의 탄압에 거의가 전향이라는 더러운 길을 걸을 때 그분은 해방되는 날까지 꿋꿋하게 지하투쟁을 계속한 몇 사람 중 하나였고, 해방과 함께 또다시 미 군정에 맞서 싸우며 무수한 고난을 거쳐 오늘에 이르렀다. 그분의 생애는 그야말로 티끌 하나 없는 혁명가의 표본이었다. 그런 분이 덕유산회의부터 납득하기 어려운 결정을 잇따라 내리고 있었다.

그런 가운데 비무장 대원들을 지리산으로 피신시킨 데 이어 도당 사령부도 백운산으로 이동하지 않을 수 없도록 상황은 위기

국면으로 접어들고 있었다.

"부사령 동지, 댕겨왔구만이라."

등 뒤에서 들려온 소리에 염상진이 몸을 돌렸다. 앳된 얼굴의 강대진이 거수경례를 붙였다. 어린 티를 그대로 담고 있는 얼굴에 어울리지 않게 그 표정은 사뭇 진지했다.

"아, 강 동무! 수고했소."

염상진은 반갑게 경례를 받았다. 그는 강대진 소년 전사가 임무 수행을 하고 돌아올 때마다 일부러 절도 있는 모습을 보이고는 했다. 강대진 소년을 한 사람의 전사로 대접해서 그의 마음에 자리 잡고 있는 나이에 대한 열등감을 없애 주기 위해서였다. 입산하고 한동안 강대진 소년은 나이 든 대원들에게 "집에 가서 젖이나 먹어라." "밥 많이 먹고 더 커 갖고 들오니라." 하는 식의 말을 들었던 것이다. 물론 그런 놀림은 열여섯이라는 어린 나이에 입산한 것을 기특하게 생각해서 하는 말들이었다. 그러나 그 선의의 말들이 강대진 소년에게는 노엽게 들렸던 것이다.

"그래, 위험한 일은 없었소?"

염상진이 강대진의 어깨를 감쌌다. 손에 느껴지는 어깨의 빈약함에 염상진은 마음이 짠했다.

"야아, 암시랑토 안 혔구만이라. 근디 요것 드시씨요."

강대진 소년은 주머니에서 조심스럽게 홍시를 꺼냈다.

"난 됐소. 강 동무 먹으시오."

여윈 두 손바닥 위에 놓인 빠알간 홍시가 가슴을 쳤다.

"지 것은 또 있구만이라."

강대진 소년은 반대쪽 주머니에서 홍시를 하나 또 꺼냈다. 염상
진은 홍시를 받지 않을 수 없었다.

"이거 어디서 났소?"

"접선 끝내고 오다가 낭구에서 땄구만이라."

"강 동무, 인민의 것을 마음대로 딴 거요?"

염상진은 웃으면서 물었다.

"아니구만이라. 집들은 다 불타고 감나무만 하나 서 있었구만 이라."

강대진 소년은 약간 시무룩하니 말했다.

"아, 잘했소. 그랬으면 더 많이 따 오지 그랬소."

염상진이 쾌활하게 말했다.

"감이 꼭대기에만 몇 개 달려서 요것도 간신히 땄구만이라."

강대진 소년이 목을 움츠리며 말했다.

"아하하하…… 누가 다 따 가고 남긴 까치밥을 따 왔단 말이 오? 참 애썼소."

염상진은 고개를 젖히며 웃었다. 그러나 그건 감정을 감춘 웃음 이었다. 그의 눈앞에는 높은 가지 끝에 매달린 홍시를 따려고 애 쓰는 강대진 소년의 위험스러운 모습이 선하게 떠올랐다.

강대진 소년은 밥 먹을 때처럼 윗사람이 먼저 시작하기를 기다 리고 있었다.

염상진은 감을 베어 물었다. 그러자 강대진 소년도 입을 쪽 벌 렸다.

씹을 것도 없이 넘어가게 마련인 홍시의 속살을 넘기지 못한 채 염상진은 강대진 소년을 이윽히 바라보았다. 산에서 설을 쇠었으니까 소년은 이제 열일곱 살이었다. 그가 입산한 경위는 너무 순진해서 어른들을 어이없게 만들었다. 그가 밝힌 이유는 '아저씨들이 좋아서'였다. 아저씨들이란 구빨치를 말하는 것이었고, 주막집에 나무를 해 주면서 더부살이를 하던 그는 나무를 하러 다니면서 아저씨들과 친해지게 되었다. 더러 밥도 얻어먹고 총도 만져 보고, 그러다가 소금 같은 것을 구해다 주는 심부름도 하게 되었다. 그런 말로는 입산이 받아들여지지 않자 그가 외쳤다는 소리가 자못 걸작이었다. "나도 인제 나무꾼질 그만허고 해방 투쟁에 나서것다 그것이요. 어리다고 나를 얕보는갑는디, 여기서 나보다 산길 잘 아는 사람 있으면 나와 보씨요!" 그 야무진 말에 그는 결국 입산을 허락받았고, 사상 학습을 받은 뒤에 염상진의 휘하에 들어오게 되었다.

염상진은 강대진 소년을 남달리 아꼈다. 산길을 귀신같이 잘 아는 그는 연락병 임무를 야무지게 해내고 있었다.

"강 동무, 고단하지 않소?"

염상진은 미안한 마음으로 말을 꺼냈다.

"아니구만이라. 어디 또 갈 데 있는게라?"

강대진 소년은 눈치 빠르게 응수했다.

"그렇소. 백아산 쪽으로 한 번 더 갔다 왔으면 좋겠소."

"하먼이라. 백 번을 왔다리 갔다리 혀도 다리 안 아프구만이라.

당장 뜨게라?"

강대진 소년은 금방 일어날 기세였다. 염상진은 시계를 들여다 보았다.

"시간은 넉넉하지만 힘이 덜 들게 그러는 게 좋겠소."

"장소는 여우고개 아래 그대론게라?"

강대진 소년이 몸을 일으켰다.

"암호는 육자 맞추기로 이쪽이 두 번, 저쪽이 네 번이오."

염상진은 지령문이 들어 있는 호두알을 내밀었다. 육자 맞추기 암호란 접선 장소에서 서로가 미리 정해진 횟수만큼 돌을 두들기거나 손바닥을 쳐서 소리를 내고, 그 소리를 합해서 여섯이 되게 하는 방법이었다. 소리의 횟수가 서로 맞지 않으면 접선은 이루어지지 않았다.

"핑 댕겨오겄구만이라."

강대진 소년이 거수경례를 붙였다.

"강 동무, 항시 조심하시오."

염상진은 강대진 소년의 뒷모습을 지켜보며, 날이 추워지기 전에 후방부에 부탁해서 두꺼운 겨울옷을 구해 줘야겠다고 생각했다.

빨치산의 공격으로 남원에서 기관차가 전복되었다. 하필 전투

경찰 사령부가 있는 남원에서 그 사건이 벌어져 경찰의 체면이 깎여 버린 반면, 빨치산에게는 새로운 전술을 전개하는 계기가 되었다.

이태식 부대의 돌격조가 어둠 속 산길을 헤치고 있었다. 이태식이 직접 이끌고 있는 돌격조는 자그마치 20명이었다. 그 속에 강경애도 있었다. 그녀는 그동안 극성스러울 만큼 투쟁력을 발휘해 결국 이태식에게 그 능력을 인정받았고, 소조의 조장까지 맡게 되었다. 그녀는 오늘도 네 개의 소조 중 하나를 맡고 있었다.

하늘에는 가을 별들이 유난히 맑게 빛나고 있었다. 이렇게 맑은 가을밤은 어둠에 적응력을 기른 빨치산들에게는 낮이나 다를 게 없었다. 산비탈을 걷던 그들은 들판이 나타나면서 방향을 아래로 바꾸었다. 앞장선 이태식은 들판을 가로지른 철길을 환히 보고 있었다. 실제로 눈에 보이는 것은 어렴풋한 윤곽뿐이지만 지리를 샅샅이 아는 그는 머릿속으로 철길을 환히 보고 있었다.

산비탈을 내려선 그들은 쪼그려 앉았다. 철길에 이르자면 논을 가로지르고, 개울을 건너야 했다.

"뒤로 전달, 10보 간격, 신속 이동."

이태식은 빠르게 속삭였다. 만일의 잠복 공격에 대비해 10보 간격을 유지시켰다. 간격을 충분히 띄우지 않고 촘촘히 섰다가 공격을 받게 되면 한 총알에 두 사람이 꿰미 죽음을 당할 위험도 있었다.

이태식은 몸을 바짝 낮추고 돌진했다. 그 뒤를 한 사람씩 간격을 유지하며 뛰기 시작했다. 추수가 끝난 논을 가로지른 그들은 차례로 개울가에 엎드렸다.

강경애는 사방을 경계하느라 두리번거리다가 어둠 속에 시퍼런 불빛 두 개가 동그랗게 떠 있는 것을 보았다. 그 빛은 순간적으로 꺼져 버렸다. 그 빛은 이태식의 눈이 내쏘는 안광이었다. 이태식과 야간 작전을 하는 사이에 벌써 몇 번째 그 섬뜩한 빛을 보았다. 처음 그 시퍼런 빛을 보았을 때 얼마나 놀랐는지 모른다. 밤이면 고양이의 눈에서 푸른빛을 예사로 볼 수 있고, 개의 눈에서도 더러 볼 수 있지만, 사람의 눈에서도 푸른빛이 나온다는 것은 몰랐다. 그런데 사람의 안광이 고양이나 개의 안광보다 훨씬 크고 공포스러웠다. "사람이라고 어째 빛이 안 나오겠소. 짐승 중에서는 호랭이가 안광이 제일 쎄다는디, 호랭이도 사람 안광에는 못 당헌다는 말이 안 있습디여? 사람이 정신을 집중헐 때나 신경을 칼날같이 세울 적에 안광을 내쏘는 법인디, 고것이 밤이면 보이제라. 이태식 동지는 야간 작전에 나섰다 하면 그 시퍼런 불덩이를 달고 댕기요. 낮에 싸울 때도 그 불덩이를 달고 있는디 안 보이는 것뿐이요." 이런 조원제의 설명을 듣고서야 그녀는 안광의 정체를 알게 되었다.

이태식은 마지막 대원이 도착하는 것을 보고 지시를 내렸다.

"옆으로 전달, 앉은걸음으로 물가로 이동!"

그들은 앉은걸음으로 물가로 이동했다. 물소리가 돌돌거리며 들려왔다.

이태식은 징검다리 돌을 세어 보았다. 아홉 개였다. 그럴 리 없었다. 다시 세어 보았지만 역시 아홉 개였다. 신경이 쭈뼛 곤두섰다. 정찰 보고보다 돌이 하나 늘어 있었다.

"옆으로 전달, 강경애 동무 대장 옆으로 이동!"

이태식이 다급하게 속삭였고, 강경애가 민첩하게 이동했다.

"대장님, 부르셨는게라?"

강경애의 입에서 열기가 뿜어져 나왔다.

"아까 저 다리 돌이 몇 개라고 했소?"

"여덟 개라."

"새로 세어 보씨요."

강경애가 차근차근 돌을 세었다. 역시 아홉 개였다.

"어찌 된 일일께라?"

"날이 저물면서 하나가 늘어난 것이요."

"누가 저 무거운 돌을 갖다 났을께라?"

"개들이요. 어떤 것이 새로 놓인 돌인지는 모르지만, 고것을 밟으면 영락없이 죽소. 그 밑에 지뢰가 있응께."

44

강경애는 소름이 끼쳤다.

"그럼 우리가 여기로 올 것을 미리 알았단 말인게라?"

"고것이 아니라 우리가 댕길 만헌 데다 날이 저물면 지뢰를 장치혔다가 날이 새면 떼고 허는 것이오."

"워메, 그러다가 인민들이 밟아 죽으면 어쩌라고라?"

강경애의 목소리가 약간 높아지는 듯싶었다.

"걱정도 팔자요. 지뢰 밟아 죽으면 다 공비에 빨갱이고, 개들이 전과 올리는 것 아니겠소?"

"그럼 여기 어디 잠복이 있는 것 아니겠소?"

"잠복이야 저 지뢰헌테 맡긴 것 아니겠소?"

이태식의 되물음에 강경애는 투쟁 경력이라는 것을 새삼스럽게 생각했다.

"옆으로 전달, 우측 방향으로 이동!"

강경애가 자리로 돌아간 뒤에 이태식이 지시했다. 그리고 그는 빠르게 움직이면서 개울에서 물소리가 나는 곳을 찾았다. 소리가 나지 않는 곳은 물이 깊게 마련이었다. 개울이니까 빠져 죽을 정도로 깊은 데는 없겠지만 몸에 물을 많이 적실 필요는 없었다. 옷이 물에 젖으면 그만큼 기동성이 떨어지고, 자칫 총이 물에 젖으면 큰일이었다. 총이 물에 젖은 상태로 매복에 걸리는 날에는 더볼 것도 없었다. 총도 부실한데 탄알까지 부실해서 연달아 불발을 내며 살기를 바랄 수는 없었다.

이태식은 물소리가 졸졸거리는 지점에서 걸음을 멈추었다.

"뒤로 전달, 물을 건넌다!"

지시를 보낸 이태식은 발을 물속에 넣었다. 물은 장딴지 바로 아래까지 찼다.

물을 건넌 이태식은 철둑의 비탈에 붙었다. 대원들도 빠른 동작으로 뒤를 따랐다. 물이 찬 고무신에서 발을 옮길 때마다 발칵거리는 소리가 어둠 속에 흩어졌다.

"옆으로 전달, 조장 집합!"

이태식은 지시를 내렸고, 세 명의 조장이 신속하게 모였다.

"지금부터 철길을 한 동가리 떼어 내겠소. 2조는 오른편을 맡고, 3조는 왼편을 맡으씨요. 4조는 침목에 박힌 못을 빼내씨요. 1조는 경계를 설 것이요."

조장들이 돌아가자 이태식은 주먹만 한 돌 두 개를 집어 철둑 너머로 던졌다. 아무 인기척도 없었다. 이태식은 옆 부하에게 철길로 오르라는 신호를 보내고 비탈을 기어오르기 시작했다.

그들은 철길 한 매듭을 떼어 내는 작업에 매달렸다. 작업은 쉽지 않았다. 공구 다루는 것이 서툰 데다 나사마다 녹이 슬어 있었다. 주의를 기울였지만 전혀 소리를 안 낼 수는 없었다. 쇠끼리 부딪치는 소리가 울릴 때마다 그들은 움찔움찔 놀랐다.

방아쇠에 손가락을 건 이태식은 초조하게 기다리며 좌우를 살폈다. 철길 파괴 작전은 적의 기동성을 마비시키기 위한 것이었다. 적들은 거의 기차로 병력을 이동시키고, 화력을 운반했다. 따라서 적들의 기동성을 마비시키는 가장 효과적인 방법이 철도 파괴였다.

"대장님, 다 끝냈구만이라."

강경애가 다가서며 숨 가쁘게 말했다.

"이, 잘했소."

이태식이 만족스러워했다.

그들은 긴 레일 한 토막을 끙끙대며 옮겨 개울물에 처박고, 왔던 길을 되짚었다.

한편, 조계산 지구의 하대치는 돌격대 20명으로 벌교와 구룡 사이의 진트재 터널을 기습하고 있었다. 터널 위 고갯마루의 초소에는 다섯 명의 전투경찰이 기관총으로 무장하고 있었다. 하대치는 그들을 총을 쏘지 않고 없앨 계획을 세웠다. 그들을 그대로 두고 터널 속의 레일을 제거할 수는 없었다. 그러나 기관총으로 무장하고 있는 다섯을 총소리 내지 않고 없앤다는 것은 퍽 무모한 일이었다.

하대치는 돌격대에서 네 사람을 뽑았다. 자신을 포함한 다섯 명은 결사대였다. 초소로 뛰어들어 한 사람이 하나씩 맡아 육박

전을 벌일 작정이었다.

그들은 낮은 포복으로 초소까지 접근했고, 앞선 세 사람이 한꺼번에 문으로 돌진했다. 세 사람의 몸에 부딪친 문은 요란한 소리와 함께 떠밀려 나갔다. 어둠 속에서 비명이 뒤엉켰다.

하대치는 터널 속 레일 두 토막을 빼내고, 기관총과 수류탄을 챙겨 산으로 자취를 감추었다.

토벌대는 아직 지리산 골짜기로 깊이 파고들지는 못하고, 길목마다 초소를 세워 차단 작전을 펼쳤다. 그러나 빨치산들은 그들을 별로 두려워하지 않았다. 위험지구는 어디나 그렇듯 토벌대의 대부분은 의경이었다. 의경들은 전투 의욕이 별로 없었다. 그들은 싸움에 조금만 불리하다 싶으면 줄행랑을 놓기 바빴고, 그렇지 않으면 쉽게 두 팔을 들었다. 그래서 빨치산들도 그들에게 퍽 관대했다. 도당에서도 토벌대 속에 들어 있는 인민성을 확보하라는 지시를 내렸다. 그 말은, 강제로 동원된 의경들을 관대하게 대해 빨치산을 지지하고 동조하게 하라는 뜻이었다. 의경을 친일 경력자들과 구분하는 것은 논리적으로 올발랐고, 그 파급 효과 또한 컸다.

이해룡은 식량문제에 부딪쳐 있었다. 식량을 구할 길은 보투밖에 없었다. 지리산 자락의 작은 마을들은 1949년에 실시된 소개로 다 불타고 없어 보투를 하자면 지리산을 벗어나야 했다. 겨울을 앞두고 식량 확보는 중대한 문제였다. 이해룡은 구례군당과 힘을 합쳐 보투에 나서기로 했다. 보투 할 곳을 찾으려면 현지 사정을 잘 아는 군당의 협조가 꼭 필요했다.

"추수가 끝났응께 보투를 허기는 좋겄제라. 근디 쪼깐 문제가 있당께라."

군당 위원장이 마뜩찮은 얼굴을 했다.

"그게 뭔가요?"

이해룡이 나직하게 물었다.

"정전이다 휴전이다 해싼께로 세상인심이 아주 훼까닥 달라져서 우리를 똥 친 작대기로 안다 그것이요. 전에는 보투를 나서면 미리 세포를 통해 쫘악 연락이 돌고, 집집마다 문 앞에 곡식을 내놓는 협조가 착착 잘 되았는디, 인제는 그러질 않는다 그 말이요. 그런디 지리산 지구가 생겨 입이 수천으로 늘었으니 예삿일이 아니요."

군당 위원장의 얼굴이 침통했다.

그 말이 맞는 줄 알면서도 이해룡은 벌컥 화부터 솟았다. 그런 기회주의자들! 동네마다 시범을 보입시다. 이 말이 터지려는 것을 간신히 참았다. 옆에 김범준 소장만 없었더라도 그 말이 나왔을 것이다. 그런 기회주의는 도저히 용납할 수가 없었다.

"그렇다고 보투를 안 할 수는 없는데, 어쨌으면 좋겠소?"

이해룡이 감정을 누르고 말했다.

"……저절로 돌아가는 인심을 가래로 막겠소, 삽으로 막겠소."

군당 위원장의 마지못한 듯한 말이었다.

"아니 그럼, 그따위 기회주의자들이 멋대로 놀아나게 내버려 둔단 말이요!"

마침내 이해룡의 입에서 터져 나온 말이었다.

"허면, 고런 사람들을 막……."

"가만, 가만!"

무심한 듯 앉아 있던 김범준이 군당 위원장의 말을 막았다.

"인심이 변하는 것을 염려하기는 나도 마찬가집니다. 그러나 그 문제를 생각할 때 우리와 인민을 따로 떼서 생각해서는 안 됩니다. 그동안 우리 모두 고생해 왔소. 그럼 인민들은 고생 없이 호의호식했나요? 우리가 이렇게 살아 있는 건 우리가 잘 싸워서 그런 겁니까? 꼭 그렇지는 않습니다. 입산하고 지금까지 누가 우리를 먹여 살렸습니까? 바로 인민들입니다. 우리가 고생한 만큼 인민들도 고생했습니다. 그리고 우리는 인민들에게 인민 해방을 약속했습니다. 그 찬란한 약속은 휴전이 되면 빗나가게 됩니다. 그 책임은 우리에게 있습니다. 그들이 기회주의자라면, 누가 그들을 기회주의자로 만들었습니까? 바로 우리입니다. 그들은 기회주의자가 아니라 혁명 된 세상을 바라고 기다리는 사람들입니다. 다만 상황이 달라지니까 생존을 위해 어쩔 수 없이 그 겉모습을 바꾸는 것뿐입니다. 우리는 그 달라진 겉모습을 문제 삼기 전에 지키지 못한 약속 때문에 그들이 우리한테 가질 실망을 먼저 생각해야 합니다. 지금 상황은 우리에게 불리하게 돌아가고 있습니다. 그럴수록 우리는 치열하게 투쟁해야 합니다. 그러자면 우리가 믿을 건 인민뿐입니다. 인민의 도움을 받자면 우리는 인민 앞에 더 겸손하고 진실해야 합니다. 그들에게 강압적인 방법을 쓸 때 혁명은 파괴되고, 우리는 더러운 폭도로 전락하게 됩니다. 우리가 겸손하고 진실해도 인민들이 협조하지 않을 때는 어떻게 해야 합니까? 우리가 약속을 지키지 못한 대가로 받는 대접이니까 당연히 감수해야 합니다. 굶게 되더라도 우리에게 인민의 양식을 강제로 뺏을 권한은 없는 겁니다. 굶으면서 싸우다가 죽어 가는 것, 그것이 혁명 전사의 순결이고 인민들에게 신뢰를 심는 길이고, 다음 역사에서 혁명을 이루게 하는 밑거름이 되는 겁니다. 혁명은 적에게만 폭력이지 인민에겐 끝없는 신뢰와 사랑이어야 합니다. 그래서 혁명 전사는 외롭고 또 위대한 것입니다.”

긴 말을 끝낸 김범준의 얼굴에는 아무런 감정이 드러나지 않았다.

이해룡은 놀랐다. 자신을 힐책하는 말도 그렇고, 그분이 그렇게 긴말을 하는 것을 듣기는 처음이었다.

"제 생각이 모자랐습니다, 용서하십시오. 앞으로 명심하겠습니다."

이해룡은 머리를 조아렸다.

"고맙소, 이 동지."

김범준이 이해룡의 손을 꼬옥 잡았다.

사흘 뒤부터 이해룡은 자신의 무장 병력과 군당의 무장 병력을 합해 보투에 나섰다. 비무장 병력은 무장 병력의 세 배가 되게 했다.

"무장 100에 비무장 300이면 400인데, 그 많은 수를 몰고 어쩌라고 그러요?"

군당 위원장은 처음엔 고개를 내둘렀다.

"식량은 없고, 대원은 많고, 날씨는 추워지고 있소. 추수가 끝났겠다, 면 소재지에 배치된 적들은 별것 아니겠다, 지금이 식량을 대량으로 확보할 수 있는 절호의 기회요. 그러니까 소부대로 작고 가난한 마을이나 집적거리지 말고, 대부대로 부자들 많은 면을 덮치자 그거요."

"면에는 적들 병력이 꽤 있는디 피해 보지 않겠는게라?"

군당 위원장이 살짝 꼬리를 사렸다.

"보투는 원족이 아니고 싸움이요. 피해 입는 생각 미리해서 무슨 투쟁을 하겠소."

이해룡은 군당 위원장을 몰아붙였다.

"그렇기는 허제라."

"됐어요, 그럼. 적들은 내가 맡을 테니 위원장 동무는 보투를 맡도록 합시다."

그렇게 해서 그들은 대산리와 지천리를 치기로 했다.

날이 완전히 어두워져서 그들은 화엄사 뒤를 멀찍이 돌아 큰길을 앞에 두었다. 대산리와 지천리로 갈라지는 길목에 초소가 있었다. 그것을 제거하지 않고는 마을로 진입할 수 없었다. 정찰에 의하면 그 초소의 병력은 열이었다.

이해룡은 자신의 병력 중에서 30명을 뽑아 두 조로 나누었다.

"1조는 우측, 2조는 좌측에서 초소를 포위하시오. 적에게 노출되어 공격당하기 전에는 총을 쏘지 마시오."

그리고 비무장들에게 지시했다.

"공격조가 초소를 포위하면 내가 항복을 권유할 거요. 자수하라는 내 말이 끝나면 동무들은 일제히 와아, 두 번 소리 지르시오. 개들한테 우리가 많다는 것을 보여 주자는 것이오. 그럼 작전 개시!"

이해룡의 명령이 떨어지자 공격조는 좌우로 갈라져 어둠을 헤쳤다. 비무장들은 소리 나지 않게 걸어 밭둔덕 앞에 멈추었다. 이해룡은 혼자 큰길에서 가까운 언덕배기까지 걸어갔다.

초소 쪽 어둠 속에서 작은 불빛 몇 개가 반짝반짝 빛났다. 포위 완료를 알리는 부싯돌 불빛이었다.

이해룡은 언덕배기에 몸을 감추고 손나팔을 입에다 갖다 댔다.

"초소에 있는 검은 개들 들어라! 너희는 완전 포위되었다. 항복하고 나와라. 항복하면 살려 준다. 저항하면 전원 몰살이다. 다시 한 번 말한다. 너희는 완전 포위되었다!"

우와아―.

우와아―.

350명이 넘는 빨치산들이 한꺼번에 외치는 소리가 두 번 연거푸 어둠을 흔들었다.

"빨리 항복하고 나와라. 저항하면 몰살시킨다!"

이해룡은 다시 외쳤다.

초소에서 외치는 소리가 들려왔다.

"항복하면 살려 준다는 보장이 어디 있냐."

"걱정 말고 빨리 나와라. 빨치산한테 체포되어 서약서 쓰고 살아난 경찰이 수없이 많다는 소문 못 들었느냐. 시간 끌지 말고 셋 셀 동안 나와라. 아니면 몰살시키겠다. 하나아―두울―셋!"

그때 다급한 외침이 들려왔다.

"나간다, 기다려라, 기다려!"

초소 문이 덜컥 열리면서 네모난 불빛이 어둠을 도려냈다. 그 불빛 속으로 두 팔을 올린 사람들의 모습이 드러났다. 공격조가 그들을 빠르게 에워쌌다. 이해룡은 큰길을 건너뛰었다.

열 명은 하나같이 두려움에 찬 얼굴로 팔을 올리고 있었다.

"겁내지 마라. 약속대로 다 살려 주겠다. 먼저, 옷들을 다 벗어라!"

이해룡이 내린 명령이었다.

그들은 서로 눈치만 살피며 우물거렸다.

"뭘 꾸물거리나. 빤스만 남기고 구두까지 다 벗어! 우리가 월동 준비하는 거니까."

그때서야 그들은 다투듯 옷을 벗었다. 구두까지 벗은 그들은 팬티만 걸친 알몸이 되었다.

"팔은 내려도 좋다. 다들 얼굴 똑바로 들어라."

그들이 굳어진 얼굴들을 똑바로 세웠다. 불빛에 드러난 얼굴들은 스물 살 안팎으로 보였다.

"너! 일정 때부터 순사질해 먹었지."

이해룡의 손가락이 한 사람을 겨냥했다. 그 얼굴은 서른다섯이 넘어 보였다.

"아니구만요, 해, 해방되고부터인디요."

그 얼굴이 하얗게 굳어지며 더듬거렸다.

"맞구만이라. 그놈이 순사보를 해 먹은 배창수인디, 행투깨나 고약스럽게 헌 악질이오."

누군가가 어둠 속에서 외친 소리였다. 사내는 겁 질린 얼굴을 푹 떨구었다.

"요런 민족 반역자 새끼!"

이해룡이 칼을 빼 들었다. 그리고 거침없이 사내의 가슴을 찔러 버렸다. 사내가 신음을 물며 몸을 접었다. 사내의 머리가 땅에 박히며 쿵 소리를 냈다. 순식간에 벌어진 일이었다.

"무기를 노획하고, 전홧줄을 자르시오. 그리고 이 사람들 이름과 동네를 적은 다음 묶어 초소 안에 가두시오." 이해룡은 공격조에게 명령한 다음 알몸의 사내들에게 "약속대로 너희들은 살려 준다. 이름과 동네를 적어 두니까 다시는 이런 짓 하지 말아라. 얼굴도 다 봐 났으니까 또 걸리면 그때 저 새끼처럼 가차 없이 죽이고 말 것이다. 다들 명심해라." 하고 차갑게 말했다.

그들은 두 마을을 향해 거침없이 어둠을 헤쳤다.

"절대 인명 피해는 내지 마시오."

마을로 들어서기 직전에 이해룡이 명령을 내렸다.

대산리와 지천리의 부잣집들은 쌀을 남김없이 다 털렸다. 부잣집들은 쑥밭이 되었지만 동네 전체로 볼 때는 별 소란이 없었다.

그러나 일이 순조롭지만은 않았다. 그들은 큰길에서 매복하고 있던 토벌대의 공격을 받았다.

"적은 내가 맡을 테니까 동무는 빨리빨리 비무장을 산으로 빼시오."

이해룡은 군당 위원장에게 숨 가쁘게 말했다. 그리고 자신의 대원들에게 외쳤다.

"동무들! 저 공격을 뚫고 산으로 붙어서 비무장들을 지켜 줘야 하오. 자, 돌격!"

빨치산 무장대들은 총을 난사하며 어둠 속을 내뛰기 시작했다.

토벌대의 추격을 떼치고 나서 이해룡은 인원을 점검했다. 무장 대원 넷, 비무장 대원 셋이 없었다. 일곱 목숨을 잃어 가며 감행한 오늘의 보투가 그만큼 가치가 있는 것인지 이해룡은 선뜻 판단할 수 없었다. 결국 일곱 동지의 몸을 뜯어먹는 셈이로구나! 그가 고개를 하늘로 젖히며 한 생각이었다.

26

지리산 동계 대공세

밤 기온이 차가웠다. 계곡물 소리도 추위를 품고 있었다. 어느 덧 지리산에 겨울이 와 있었다.

그들은 날이 어두워지기 전에 저녁을 해 먹고, 짐을 챙겼다. 몸을 웅크리고 앉은 손승호는 망연한 생각에 빠져 있었다. 드디어 지리산을 떠나는구나……. 옛날부터 세상을 바로잡으려던 사람들이 마지막으로 선택하는 산이고, 죽음을 맡긴 산이었다. 지리산은 역사의 무덤이었다. 그 지리산을 이제 떠나려 하고 있었다.

손승호는 고개를 뒤로 젖혔다. 죽음을 생각하자 그날의 광경이 선하게 떠올랐다. 커다란 참나무 가지에 묶인 채 늘어져 있는 굵은 새끼줄이 그때와 똑같은 충격을 불러일으켰다. 선요원의 말도 또렷하게 들렸다. "저 새끼줄이 뭔지 아시오? 여순 투쟁 뒤에 입산헌 여성 동지를 토벌대가 잡어 저 줄에 꺼꾸로 매달아서 총살시켜 뿌렸소. 토벌대는 우리헌테 시범을 보일라고 시체를 그대로 매달아 뒀고, 우리 쪽에서는 토벌대가 저지른 그 못된 짓을 똑똑히 보고 원수를 갚으라고 그대로 두었소." 낡은 새끼줄 아래 땅에는 하얀 해골과 뼈마디가 떨어져 어지럽게 쌓여 있었다. 날짐승이 살을 다 찍어 먹고 난 뒤에 뼈만 남은 시체는 새끼줄에 매달려 디룽거리다가 뼈를 이어 주던 핏줄이며 관절이 썩자 뼈가 하나씩 둘씩 떨어져 쌓인 것이었다. 하얀 뼈들 옆에는 녹슨 버클이 붙은 가죽 혁대가 주인의 뼈를 지키듯 남아 있었다.

손승호는 그때처럼 부르르 몸을 떨었다. 그 비통한 죽음의 흔적은 강한 충격으로 뇌리에 찍혀 있었다. 민족 세력과 반민족 세력 사이에서 벌어지는 이 처절한 싸움에 뛰어들어 그렇게 처참하게 죽어 간 여자는 누구일까. 그때 여자 가담자는 학생이 많았는데, 학생이었을까. 학생이라면 열일고여덟 살. 그 시퍼런 나이에⋯⋯. 손승호는 자신이 너무 오래 살아 있다는 부끄러움을 씹지 않을 수 없었다.

"손 동무, 왜 여길 떠나는 건가요?"

박난희의 목소리가 속삭였다.

"아마 여기가 위험하게 된 모양이오."

손승호도 낮은 소리로 소곤거렸다.

"여기 뱀사골처럼 안전한 곳이 어딨어요. 검은 개들이 달궁 너머에서만 총질을 했지 여긴 아무 일 없었잖아요?"

"토벌대는 검은 개만 있는 게 아니잖소?"

"그럼, 노란 개가 지리산에 투입된단 말인가요?"

"아마 그런 모양이오."

"그렇다고 여길 떠나면 어쩌지요? 이 큰 산에서 피해 가며 싸워야 안전하지 않겠어요."

"지금 여기에는 3개도의 유격대 삼사천이 모여 있소. 지리산이 아무리 크다 해도 너무 많소. 적들이 대병력을 투입하면 포위를 면할 수 없게 되오."

"가면 어디로 가나요?"

"덕유산 쪽으로 되돌아가지 않겠소?"

"거기서 견디기 어려워 여기로 왔는데 돌아간다고 길이 생길까요?"

"아무튼 여긴 떠나야 할 거요. 우리 도당의 투쟁지가 거기고, 빨치산이 한군데 몰려서는 안 되지 않겠소."

"그렇기는 하군요. 여기서 너무 오래 편히 쉬었나 봐요."

손승호는 박난희가 내쉬는 가는 한숨 소리를 얼핏 들었다. 그녀는 지리산을 떠나는 것을 두려워하고 있었다.

"박 동무, 당이 여기서 휴식을 취하게 한 건 우선 위험을 피하면서 대원들의 투쟁력을 키우자는 것 아니겠소."

"알고 있어요. 그런데……."

박난희의 말이 끊어졌다. 손승호는 그녀의 마음을 일으켜 세울 방법을 생각했다. 그러나 그 방법이 선뜻 떠오르지 않았다. 그 거꾸로 매달려 죽어 간 여성 동지의 이야기를 해 줄까 생각했다. 그러나 그는 이내 고개를 저었다. 그건 오히려 두려움을 더 키울 수도 있었다.

"박 동무, 싸움은 다시 시작이오. 힘내요."

손승호는 고작 이렇게밖에 말할 수 없었다.

"손 동무는 제 마음을 이해할 수 있으신가요?"

"예, 휴식이 오히려 용기를 잃게 할 수도 있다는 걸 이해합니다."

"손 동무는 아무렇지도 않으세요?"

"예, 아무렇지도 않습니다."

손승호는 목소리에 힘을 넣었다.

"어떻게 그럴 수 있으세요?"

그때 손승호의 머리에 솥뚜껑의 얼굴이 퍼뜩 떠올랐다.

"마음이 움츠러들 때면 난 굳세게 죽어 간 동지들을 생각합니다. 그럼 마음이 회복됩니다."

"저한테 그 용기 좀 나눠 주세요. 저도 이 못난 마음을 빨리 없애 버리고 싶어요."

"어떻게……."

"제 손을 좀 잡아 주세요."

손승호는 동지의 용기를 북돋기 위해서 망설일 것 없다고 생각했다.

"그러지요."

손승호는 박난희의 손을 잡았다. 그녀의 손은 작고 따스했다.

"이렇게 손을 잡고 살 수 있는 해방의 날이 오기를 바라면서 다시는 용기 잃지 않겠어요."

박난희의 말이었다. 손승호는 뭐라고 대꾸해야 할지 난감했다. 그러나 곧 마음을 정했다.

"그럽시다."

그는 박난희의 손을 힘주어 잡았다.

그들은 곧 행군 대열을 짓고 어둠속을 움직였다. 그렇게 전북도당 사령부 병력이 지리산을 벗어나고 있었다.

보급 투쟁에 열중하고 있던 이해룡은 11월이 저물고 있는 어느 날 도당의 지령을 접수했다.

'지리산 병력을 신속히 이동시킬 것.'

그 갑작스러운 지시에 간부들은 당황했고 곧 회의를 열었다.

"보셨다시피 지령문만으로는 그 이유를 알 수 없습니다. 어떻게 하면 좋을지 토론하고자 합니다."

지구 사령관이 무겁게 입을 열었다.

"당의 지시니까 당연히 따라야겠지만, 그 이유가 궁금하군요."

이해룡이 말을 꺼냈다.

"여기가 위태로워징께 병력을 빼라는 것 아니겠는게라? 내가 면당의 보고를 받기로는 이삼 일 새에 여기저기에 국방군 부대가 부쩍 늘고 있다는 것이구만이라."

군당 위원장이 말했다.

"국방군이 투입되고 있다면 1949년 겨울처럼 동계 공세를 하자는 것일 거요. 그때 적들은 효과를 봤으니까요."

지구 사령관의 판단이었다.

"소장 동지께서는 어떻게 생각하십니까?"

이해룡이 김범준을 보았다.

"겨울 공세라……. 능히 있을 수 있는 일이오. 적들한테는 아주 유리한 시기니까요."

김범준의 신중한 말이었다.

"도당에서 그 점을 파악하고 이동을 지시한 것 같습니다. 어떻게 이동할지 논의했으면 합니다."

지구 사령관이 토론의 단계를 바꾸었다.

"이동헌다면 빨리 허는 것이 좋겠는디라. 쪼끔이라도 덜 위태로

울 것잉께라."

군당 위원장의 의견이었다.

"그게 좋겠지요. 그런데 현재의 상황부터 정확하게 파악하는 것이 어떨까 합니다."

이해룡이 덧붙였다.

"소장 동지의 의견은 어떠신지요?"

지구 사령관이 김범준에게 눈길을 돌렸다.

"오늘 밤에 당장 적의 동태 파악에 나섰으면 하오. 시간 여유가 없소."

"그럼 어떤 방법이 좋겠습니까?"

지구 사령관은 그 방법 결정을 김범준에게 위임했다.

"정찰대를 따로 보낼 것이 아니라 여기 있는 사람 모두가 각기 정찰대를 이끌고 가서 여러 방향에서 확인하는 게 어떨까 싶소. 우린 태반이 비무장에다가 섬진강을 건너야 하는 어려움이 있소. 그러니 정찰이 확실하지 않으면 안 될 거요."

"그럼 소장 동지께서도 정찰을 나서시겠다는 겁니까?"

이해룡이 의아스러운 얼굴을 했다.

"그렇소."

김범준이 뜻을 분명하게 나타냈다.

"그건 곤란합니다. 간부 보존 원칙에 어긋나고, 위험을 예측하기 어렵습니다."

이해룡이 정면으로 반대하고 나섰다.

"하먼이라, 정찰은 즈그들이 알어서 허겄구만이라."

군당 위원장이 고개를 저었다.

"날 염려하는 두 동지 마음 고맙소. 위기 상황 앞에서 원칙은 옆으로 밀쳐지게 돼 있소. 이건 대원들 수천 명의 생사가 달려 있는 중대사요. 내 의사를 접수해 주기 바라오."

김범준의 말에 아무도 더 입을 열지 못했다.

다섯 명씩 정찰조를 짠 그들은 날이 어두워지자 섬진강 쪽 네 방향으로 흩어졌다.

김범준은 남쪽 방향인 마산면 쪽으로 산자락을 밟으며 이동했다. 산세가 약해지면서 들판이 어슴푸레하게 보였다. 그런데 별로 멀지 않은 거리에 밝은 불빛이 줄을 잇고 있었다.

"사흘 전에는 저 불빛이 없었는디요!"

길을 잡고 있던 대원이 속삭였다.

"저기가 어디요?"

김범준이 빠르게 물었다.

"황둔마실이라고, 검은 개들 초소가 있던 자리구만이라."

"동무 생각에는 저게 무슨 불빛 같소?"

"노란 개들 같구만이라."

"좋소, 가까이 접근해서 확인합시다. 두 동무는 여기서 대기하시오."

김범준은 길잡이 대원과 함께 몸을 낮추고 불빛을 향해 움직였다.

그 불빛은 천막에서 새어 나오고 있었다. 말소리도 거침없이 들려왔다. 빨치산의 기습쯤은 염려하지 않는 듯했다. 그들이 국방군임을 확인하며 김범준은 앞일이 난감해졌다.

김범준 일행은 섬진강 쪽으로 길을 잡았다. 그곳에는 아까의 두 배는 되는 불빛들이 진을 치고 있었다.

"됐소, 돌아갑시다."

김범준의 목소리가 침통했다.

정찰 결과는 모두 같았다.

"도당의 지시를 따르기는 이미 늦었소. 국방군이 대대적인 공세를 취할 준비를 하고 있으니 우리도 여기서 투쟁을 준비할 수밖에 없소. 효과적인 투쟁 방법을 찾도록 합시다."

김범준의 어조에 결의가 서려 있었다.

"소장 동지, 도당에서 병력을 빼라고 한 것은 도당 쪽에는 국방군 투입이 없다는 뜻입니까?"

이해룡의 물음이었다.

"여기보다는 좀 안전하다는 뜻으로 받아들이는 게 어떨까 싶소. 적들도 그들 나름의 정보에 따라 지금 우리 쪽 병력이 가장 많이 모여 있는 지리산에 병력을 가장 많이 투입하지 않겠소."

김범준의 판단은 정곡을 찔렀다.

"지난번 우리 도당이 이동해 온 것도 적들을 더 많이 끌어들이는 결과가 된 셈이겠지요?"

이해룡이 또 물었다.

"그리 보아도 큰 착오는 없을 것 같소."

그건 도당이 범한 오류 아닙니까, 하는 말이 나오려는 것을 이해룡은 가까스로 참았다.

지난 10월 25일에 휴전회담 장소가 개성에서 판문점으로 바뀌었고, 한 달 뒤인 11월 27일에는 30일간의 잠정적 군사경계선 획정을 합의했다. 30일 동안 서로 공격을 중지하기로 한 소강상태를 이용해서 11월 25일 남원에 백선엽 야전군사령부가 설치되었다. 그리고 동부전선에 있던 수도사단과 8사단이 지리산 일대로 이동했다. 빨치산 중추 세력을 형성하고 있던 전남·전북과 경남 세 도에 각각 전투 사단이 하나씩 배치되었다. 공격 목표는 지리산이었다.

12월 1일, 마침내 부산·대구를 뺀 각 지역에 비상계엄령이 선포되었고 서남 지구 공비 토벌 작전이 개시되었다.

눈 덮인 지리산 골짜기에 박격포 탄이 작렬했다. 포탄은 한꺼번에 열댓 발씩 날아와 마구 터졌다. 포탄이 터질 때마다 폭음이 산을 흔들었다. 바위가 깨져 우당탕탕 구르는가 하면, 나무가 우지끈 부러지고, 계곡물이 솟구쳤다. 사람은 보이지 않고 느닷없이 비명이 찢어지며 폭음에 휘감기기도 했다. 비트에 포탄이 떨어진 것이었다. 포탄이 쉴 새 없이 떨어지자 여기저기서 사람들이 모습을 드러냈다. 몇 명씩 조를 짜서 비트에 숨어 있던 비무장들이 포탄 공격을 더 견디지 못하고 밖으로 뛰쳐나온 것이었다. 우왕좌왕하는 그들을 향해 포탄은 사정없이 떨어졌고, 폭음에 비명이 섞이면서 그들의 몸은 솟구치는 빛살과 함께 떠올랐다. 그리고 그 몸뚱어리는 터지고 찢어져 사방으로 흩어졌다. 흰 눈 위에는 시뻘건 피가 낭자하게 뿌려졌고, 몸에서 떨어져 나간 팔다리들은 눈을 핏물로 적시며 한참씩 푸들거리며 경련을 일으켰다. 배가 터져 내장이 흘러나온 사람, 가슴이 파헤쳐진 사람, 얼굴 반쪽이 날아간 사람, 머리통이 떨어져 나간 사람, 팔다리가 없어진 사람, 박격포 탄을 맞은 사람들의 몰골은 처참하기 이를 데 없었고, 곧 숨들이 끊어지고 말았다.

화엄사골, 문수리골, 피아골이 다 같은 형편이었다. 빨치산들은 토벌대의 공세에 대비해 비무장들을 비트에 피신시키고, 무장 병력으로 소조 분산 투쟁을 전개하기로 했었다. 그런데 무차별 박격포 공격 앞에서 그 계획은 혼란에 빠지고 말았다. 피아골을 맡은 이해룡은 비트를 벗어나는 비무장들을 어떻게 수습해야 할지 난감했다. 공포감으로 비트를 벗어난 사람들을 다시 비트로 돌아가게 할 도리는 없었다. 소낙비 퍼붓듯 하는 포 공격 앞에서 비트에 피신하는 것도 옳은 작전은 아니었다. 포 공격은 일단 피하는 게 상책이었다. 적들은 포 공격으로 이쪽을 혼란에 빠뜨린 다음 병력을 투입할 게 분명했다. 개인 화력이 월등한 적들을 맞아, 무장 병력보다 몇 배가 많은 비무장들까지 보호하며 어떻게 싸울 것인가. 이해룡은 결단을 내려야 했다. 포탄은 계속 날아들고, 대원들은 픽픽 쓰러지고 있었다. 박격포 공격과 적의 침투 공격을 동시에 피하기 위해서는 일단 골짜기를 벗어나야 했다. 길은 단 하나, 주능선으로 빨리 치올라 가는 것이었다. 그다음은 그때 상황에 따라 대처할 수밖에 없었다.

"부대별로 부상자들을 비트에 피신시키고, 다른 대원들은 출발 준비하라고 전하시오."

이해룡은 다섯 명의 연락병을 한꺼번에 띄웠다.

비트를 벗어난 대원들이 우왕좌왕하고, 부상자들의 비명 소리가 얽히고설키고, 포탄은 여기저기서 터지고, 부대별로 빨리 모이라는 외침이 엇갈리고……. 그런 어지러운 광경을 살피는 이해룡은 적에 대한 증오와 대원들에 대한 안타까움이 뒤섞였다. 저 대원들이 다 무장만 되었더라도…….

"준비가 끝난 부대부터 주능선을 향해 출발하도록!"

이해룡은 다시 연락병들을 띄웠다. 그리고 무장대를 집결시켰다.

"무장대는 맨 뒤에서 비무장들을 보호하고, 공격해 오는 적을 막아야 하오."

이해룡은 무장 대원들을 둘러보며 비장하게 외쳤다.

비무장 대원들은 골짜기 양쪽 비탈을 오르기 시작했다. 그 뒤에 박격포 탄이 터지고, 그들은 미끄러지고 넘어지고 구르면서도 사생결단 비탈을 기어올랐다.

무장대가 마지막으로 출발했다. 박격포의 공격이 뜸해졌다. 그것은 적들이 산으로 침투하고 있다는 뜻이었다. 적이 계속 추격해 올 경우 어떻게 할지 골똘히 생각하며 이해룡은 눈을 밟았다. 이렇게 전체가 움직이는 것이 옳을까. 아니면, 비무장들을 분산시키고 거기다가 무장대 몇 명씩을 붙이는 것이 옳을까. 화엄사골과 문수리골에서는 어떻게들 하고 있을까. 유격전의 원칙대로 하자면 소조로 분산시켜야 한다. 그런데 비무장이 너무 많았다. 비무장을 소조로 나누고, 그 5분의 1에 불과한 무장대에게 보호를 맡겨 샛골짜기에 분산시키면 적에 맞서 생명을 부지할 수 있을까. 그렇다고 전체가 움직이는 것은 또 얼마나 위험한가. 큰 규모로 움직이면 큰 적이 따르게 마련이고, 적의 통신망에 걸려 포위당하면 몰살을 면하기 어렵다. 소조로 분산시키자. 그것이 희생을 줄이는 유일한 길이다. 이해룡은 마음을 굳혔다.

소총 소리가 자주 들려왔다. 토벌대가 쫓아오고 있다는 뜻이었다.

임걸령에 다다랐을 때, 반대편 골짜기에서 총소리가 요란하게 울렸다.

"저기가 뱀사골이오, 달궁골이오?"

이해룡은 선요원에게 물었다.

"달궁골이제라."

"그럼 전북도당 쪽에도 동시에 공격을 시작했구만!"

이해룡은 그때서야 국방군이 지리산을 완전히 둘러싸고 총공격에 나섰다는 것을 깨달았다. 임걸령에 도착하기 전까지만 해도 구례 쪽에서 시작된 부분적인 공격이 아닐까 하고 생각했다. 지리산 전체를 둘러싸고 골짜기마다 적들이 파고들고 있다면 그야말로 난감한 일이 아닐 수 없었다. 지리산이 아무리 넓고 골짜기가 많다 해도 큰 골짜기마다 적들이 파고들면 자신들은 포위되고 마는 것이었다.

이해룡은 비무장 30명에 무장 다섯 명씩을 붙였다. 소조로는 약간 많은 인원이었지만 무장 대원을 더 쪼갤 수는 없었다. 적어도 다섯 명은 되어야 전투가 가능했다.

"동지 여러분, 지금부터 소조 투쟁에 들어갑니다. 적의 공격이 얼마나 오래갈지 모르지만, 그때까지 피아골 골짜기에 흩어져서 목숨 보존 투쟁을 해야 합니다. 먼저 살아남고 그 뒤에 적과 계속 싸워야 합니다……."

그때 동쪽에서 비행기가 날아왔다. 그들은 반사적으로 엎드렸다. 그러나 비행기는 폭격기가 아니었다. 비행기는 눈가루를 뿌리듯 하얀 삐라를 토해 내고 있었다.

"동지 여러분, 행동 개시하시오!"

이해룡은 비행기 소리에 맞서듯 큰 소리로 외쳤다.

무장병 아홉을 따로 뽑은 이해룡은 소조들이 골짜기로 흩어지는 것을 지켜보다가 맨 마지막으로 임걸령에서 발길을 되돌렸다. 그는 자신을 포함한 열 명으로 돌격대를 짠 것이었다. 대원들을 보호하기 위해 적들을 찾아다니며 산개 전투를 벌일 작정이었다.

삐라가 떨어졌다. 이해룡이 한 장을 집었다. 독 안에 든 쥐를 국방군이 총으로 겨눈 그림이 눈에 들어왔다. 그리고 '너희들은 독 안에 든 쥐다. 투항하면 살 수 있다.'는 글씨 밑에 '야전군 사령관 백선엽'이라고 씌어 있었다.

삐라 종이는 산중에서 오래 견디도록 두껍고 질 좋은 모조지였다.

"개새끼들, 돈도 많네!"

74

이해룡이 삐라를 박박 찢었다.

일부러 토벌대를 찾아다닐 필요는 없었다. 오히려 그들을 피해 몸을 숨겨야 할 정도로 토벌대는 산을 뒤덮고 있었다. 군인의 작전은 경찰과는 반대였다. 경찰은 골짜기 아래에서 위로 밀어 올리는데 군인은 능선을 따라 산으로 올라가서는 아래로 밀어 내리는 작전을 썼다. 그건 화력과 병력이 압도적으로 우세하기 때문에 나오는 작전이었다. 군인이 워낙 많아 기습을 시도하기는 어려웠다. 이길 가망이 없는 적과 대적하는 어리석음을 범하지 말고 몸을 감추는 데 힘을 쏟는 것이 현명한 일이었다.

군인들은 능선을 따라 이동하며 수색전을 폈다. 그러니 몸을 숨기기도 쉽지 않았다. 군인들의 움직임에 따라 이쪽도 은신처를 바꿔야 했다. 그러나 나뭇잎이 다 떨어지고, 풀도 다 고스러진 산에는 눈까지 덮여 있었다. 산죽밭을 빼면 마땅히 은신할 만한 데를 찾기 어려웠다. 그렇다고 산죽밭이 안전한 은신처도 아니었다. 적들은 산죽밭만 보면 총을 갈겼다. 그러면 느닷없는 비명이 터지기도 하고, 그 속에 숨어 있던 대원들이 도주하기도 했다. 이해룡은 그 넓은 지리산이 갑자기 손바닥만 하게 좁아졌다고 느꼈다.

토벌대는 날이 어두워지면 모닥불을 피웠다. 그 불빛은 능선을 따라 줄줄이 이어졌다. 빨치산들은 어두운 골짜기에 분산된 채 그 불빛을 바라보며 냉혹하게 추운 밤을 견디어야 했다.

날이 새면 토벌대는 다시 수색전을 시작했고, 빨치산들은 골짜기를 헤집고 다녔다. 그 목숨을 건 숨바꼭질 속에서 산을 흔드는 총소리는 쉴 새 없이 이어졌다. 그때마다 빨치산들은 죽어 갔다. 이해룡은 빨치산의 시체를 볼 때마다 치를 떨었다. 그러나 그 치떨림을 갚을 무슨 방법이 없었다. 가끔 군인의 시체도 보였다. 그런데 그 시체들은 거의가 맨발에 속옷 바람이었다. 그 경황 중에도 앞서간 대원들이 '무장 획득'과 '월동 준비'를 하고 있는 것이었다. 국방군을 하나 죽이는 것은 대원 하나가 총과 실탄으로 무장을 하게 되는 것은 물론이고, 방한모와 옷과 방한화까지 얻는 일이었다.

군인들은 나흘이 지나고 닷새가 지나도 떠날 줄 몰랐다. 비행기는 날마다 삐라를 뿌렸고 갈수록 날씨는 혹독해졌다. 눈은 자꾸 내리고, 눈이 그치고 나면 살을 후벼 파는 강풍이 휘몰아쳤다. 빨치산들은 밤에도 불을 피우지 못한 채 꽁꽁 얼어야 했다. 추위는 어찌어찌 견딘다 해도 문제는 비상식량이 떨어진 것이었다. 이해룡의 소조에 식량이 동난 것은 닷새째 되는 날이었다. 그동안 생쌀을 씹으면서 절약할 만큼 해 왔지만, 이제 먹을 수 있는 건 눈과 소금뿐이었다. 모든 대원이 마찬가지였다. 이해룡은 군인들이 언제까지 머무를지 모르지만 대원들이 그때까지 잘 버텨 주기를 바랄 수밖에 없었다. 그들이 굶주림에 지쳐 삐라에 현혹되지 않을까 하는 염려도 생겼지만 그런 생각은 애써 떼쳐 냈다. 빨치산은 얼어 죽고, 굶어 죽고, 총 맞아 죽을 각오를 해야 한다고 귀가 아프게 실시한 학습을 믿어야 했다. 그 세 가지 각오는 바로 지금과 같은 상황에 딱 들어맞는 것이었다.

이해룡은 잠자리를 만들라고 지시했다. 생쌀마저 씹을 수 없게 된 형편에 추위나마 덜 느끼게 해야 했다. 대원들은 바람을 막을 바위를 찾아내고, 눈 위에 생솔가지를 꺾어다 깔았다. 네 사람씩 몸을 바짝바짝 붙이고 생솔가지 위에 쪼그리고 앉았다. 그리고 네 사람이 담요 한 장으로 몸을 둘렀다. 나머지 두 사람은 보초였다. 그렇게 하고 앉으면 서로의 체온이 통해 어느새 잠이 들고는 했다.

거센 바람에 나뭇가지에서 기괴한 소리가 났고, 눈가루가 사정없이 얼굴을 후려치고는 했다. 이해룡은 어둠을 응시한 채 김범준 소장을 생각하고 있었다. 나이 든 그분이 이 추위를 어떻게 견디고 있을까. 그분이 밥을 굶으면 어떡하나. 안 굶을 리 없는데……. 그러나 어쩔 것인가. 이렇게 장기전이 되다간 전멸당할 텐데 그분은 어떻게 생각하고 있을까. 이대로 죽을 각오를 해야 하나……. 아니야, 이대로 죽긴 억울해! 그러나 일 돼 가는 게 영 이상하지 않은가. 휴전이니 정전이니 해 쌓더니 이렇게 어마어마한 병력이 밀려들다니. 이번에 끝장을 내려는 모양인데……. 염상진·안창민은 어떻게 생각하고 있을까.

그때 들리는 말이 있었다.

"우리는 역사를 믿어야 한다. 우리가 오늘 죽는 것은 패배가 아니라 반드시 다가올 승리를 위해서다. 우리는 비록 죽더라도 우리의 투쟁은 역사 위에서 반드시 되살아난다. 그런 확고한 신뢰 없이 진정한 투쟁은 나올 수 없고, 당장의 성공만 바라며 투쟁에 나섰다면 그것은 파렴치한 기회주의다."

염상진 선배의 말이 바람 속에서 쟁쟁히 울렸다. 일찍이 1949년 겨울, 투쟁이 최악의 상태로 몰릴 때 했던 말이었다.

날씨는 더욱더 혹독해져 가고, 토벌대의 수색을 피해 샛골짜기를 끝없이 헤매고, 눈을 뭉쳐 먹고 한 끼, 소금을 찍어서 먹고 또 한 끼, 그렇게 하루하루를 보내던 어느 날 토벌대는 꼭 거짓말처럼 깨끗하게 모습을 감추었다. 작전이 끝난 것이었다. 이해룡은 아홉 명의 부하들과 한 덩어리로 얼싸안았다. 혹한과 굶주림과 적의 총구 앞에서 모두 무사히 살아났다는 감동이 서로를 얼싸안게 했다.

이해룡은 부하들이 눈 위에 퍽퍽 주저앉는 것을 보면서, 그동안 15일이 지났고, 열흘 굶은 것을 계산해 냈다.

이해룡은 탈진한 몸을 이끌고 집결지를 찾아가 대원들을 기다렸다. 한나절 넘게 기다린 결과는 무릎을 꺾이게 했다. 절반 넘는 대원이 돌아오지 않았다. 그들이 다 총에 맞아 죽었다고는 할 수 없었다. 얼어 죽기도 하고, 굶어 죽기도 했을 터였다.

이해룡은 더 이상 아쉬움을 갖지 않기로 했다. 자신에게는 살아남은 대원들을 한시라도 빨리 먹여 원기를 회복시켜야 할 책임이 있었다.

"동무들, 모두 힘냅시다. 지금부터 보투 나갈 부대를 편성하도록 하겠소!"

이해룡은 목청을 돋우며 몸을 일으켰다.

각 도당 동계 대공세

12월 19일 전남도당은 백운산 지구에서 백아산 지구까지 일시에 공격을 받았다. 지리산에서 빠진 병력이 그대로 돌아서서 전남도당의 핵심 유격 지구들을 공격해 온 것이다.

군 토벌대가 지리산을 공격할 때 전남도당은 이미 각 지구에 공격대비령을 내렸었다. 염상진이 총사 병력을 이끌고 도당사령부가 옮겨 간 백운산으로 이동한 것도 그 일환이었다.

군 토벌대는 지리산 공격 때와 마찬가지로 박격포부터 퍼부었다. 그러나 박격포 공격은 지리산에서처럼 효과를 거두지는 못했다. 빨치산들이 미리 대비한 데다, 그들은 전투 경험이 많은 무장 병들이었다. 그래서 포 공격이 끝난 뒤에 토벌대와 빨치산 사이에는 치열한 전투가 벌어졌다.

염상진은 군 토벌대가 1차로 화력전을, 2차로 병력전을 전개한다는 것을 알고 처음부터 대원들을 소조로 나누었다. 최소 두 명씩 나눠지고 그때그때 상황에 따라 네 명으로, 여섯 명으로 뭉쳤다가 또 상황이 변하면 다시 두 명씩 나누어지는 산개전을 벌이기 위해서였다.

염상진은 산 중턱 높은 곳에서 산개전이 벌어지는 것을 지켜보고 있었다. 군인들은 무모하리만큼 능선을 타고 올라오다가 산개전에 걸려들었다. 어디선가 쏘아 대는 총에 열댓 명이 대열을 벗어나 아래로 내닫고, 다른 쪽에서 총소리가 울리면 또 열댓 명이 그쪽으로 몰려가고, 그럼 총소리는 다른 데서 또 울리고……. 예상대로 혼란에 빠져드는 토벌대를 보면서 염상진의 입가에는 차가운 웃음이 번지고 있었다.

이쪽 바위 뒤에서 빨치산이 불쑥 솟아나며 노랫가락을 뽑았다.

"인민유격억대애."

그러면 열댓 명의 군인이 총을 난사하며 그 바위를 향해 뛰어올랐다. 투척 거리가 안 되는데 수류탄이 터지기도 했다. 그러나 총을 쏘던 빨치산은 금방 자취를 감추었다. 군인들이 어리둥절해 있을 때 저쪽 소나무들 뒤에서 빨치산이 또 불쑥 나타나 외쳤다.

"전우야 잘 자거라아!"

그러면 군인들은 그쪽으로 방향을 바꿔 우르르 몰려갔다. 그때 군인들 뒤에서 총알이 날아들었다. 군인 서너 명이 픽픽 쓰러졌고, 소나무들 사이에 있던 빨치산은 어디로 갔는지 흔적이 없었다. 군인들은 다시 총알이 날아오는 쪽으로 방향을 돌려 반격할 수밖에 없었다. 그러면 뒤에서 또 총알이 날아와 군인 한둘을 쓰러뜨렸다. 그때서야 군인들은 두 패로 나누어 양쪽으로 공격을 시도했다. 그러나 빨치산들은 이미 간 데가 없었다. 화가 치민 군인들이 바위와 소나무에 총을 갈겨 댈 때 엉뚱한 곳에서 노랫소리가 들려왔다.

"울 밑에 선 봉선화야 네 모양이 처량하다……."

건너편 비탈 바위 위에서 빨치산 둘이 부르는 노래였다.

군인 2개 분대가 빨치산 두 명에게 그런 식으로 교란당하고 있었다.

"부사령, 부, 부사령 동지!"

이 소리를 토하며 빨치산 하나가 바위 옆에 나동그라졌다. 염상진과 열 발짝 남짓 떨어진 거리였다. 그러나 염상진은 아래쪽에 정신을 쏟느라 기척을 느끼지 못했다.

그 옆에서 총을 겨누고 있던 두 대원 중 하나가 소스라치며 외쳤다.

"부사령 동지! 강 동무가……."

"아니, 저게 누구요!"

염상진이 몸을 홱 돌리더니 쓰러진 대원 쪽으로 내달았다. 얼굴을 옆으로 돌린 채 땅바닥에 엎어진 연락병 강대진이 숨을 헐떡거리고 있었다.

"강 동무, 이게 어쩐 일이오!"

염상진의 눈에 확 다가든 것은 강대진 소년의 허리께에 뚫려 있는 피 번진 총구멍이었다.

"강 동무!"

염상진은 강대진 소년을 바르게 눕혔다. 배를 움켜잡은 강대진 소년의 두 손은 시뻘건 피로 범벅되어 있었다. 뒤에서 총을 맞은 복부 관통이었다.

"강 동무, 나요. 나 알아보겠소?"

염상진이 강대진 소년의 어깨를 흔들었다.

"야아……. 부사령 동지……. 지가 못나게 총을 맞아 부렀구만이라."

강 소년은 눈을 똑바로 뜨려 애쓰며 힘겹게 말했다.

"강 동무, 괜찮소. 정신 차리시오."

염상진이 우는 것 같은 얼굴을 가까이 디밀었다.

"부, 부사령 동지허고…… 해방되는 날을 보고 싶었는디……."

강대진 소년은 힘들게 말하고는 통증이 솟는지 입술을 깨물었다.

"강 동무, 강 동무, 힘내시오."

염상진은 다급한 마음에 이렇게 말하면서도 자신이 헛소리를 하고 있다고 느꼈다.

"지는 어, 엄니도 아부지도 없어서……. 부사령 동지를……. 부모로 생각혔는디요……."

강대진 소년의 눈에서 눈물이 주르륵 흘렀다. 염상진은 그 뜻밖의 말에 가슴이 컥 막혔다.

"부사령 동지……. 지는 인제 틀렀응께라……. 너무 아픈께라……. 쏴 죽여 주씨요……. 얼렁 쏴 죽여 주씨……."

강대진 소년이 한 손으로 염상진의 소매를 붙들며 부르르 떨었다.

"아니오, 강 동무, 힘내시오!"

염상진은 자신의 소매를 붙든 소년의 손을 잡으며 가슴이 미어졌다.

"쏴 죽여 주씨요……."

"강 동무……."

"쏴 죽여 주씨요……."

"강 동무……."

"아, 아부지이……."

염상진은 강대진 소년의 손이 풀려 버리는 것을 느꼈다.

"강 동무!"

염상진이 눈을 흡뜨며 부르짖었다. 강대진 소년은 눈을 번히 뜬 채 숨이 끊어졌다.

"대진아아!"

강대진 소년을 품은 염상진의 넓은 어깨와 등판이 들먹거리고 있었다.

군 토벌대의 작전이 엿새째로 접어들었다. 빨치산들은 차츰 몰리기 시작했다. 토벌대는 처음에 말려들었던 산개전을 파악하고는 포위 작전이나 협공 작전으로 나왔다. 산을 빙 둘러싸고 토끼몰이 하듯 밀어 올리기도 했고, 퇴로를 차단하고 양쪽에서 밀어붙이기도 했다. 그런 몰살 작전 앞에서 빨치산이 믿을 건 기동력뿐이었다. 포위당하기 전에 빨리 벗어나야 하고, 협공당하기 전에 빨리 빠져나가야 했다.

그런데 군 토벌대와 싸우면서 빨치산들은 뜻밖의 일을 만나게 되었다. 토벌대가 거쳐 간 풀섶이나 낙엽 사이에 노란 총알이 심심찮게 떨어져 있었다. 처음에 빨치산들은 그 총알을 선뜻 집지 못했다. 그것들이 총알을 가장한 폭발물일지 모른다는 의심 때문이었다. 그러나 그건 틀림없는 M1 총알이었다. 빨치산들은 환성을 질렀다. 그리도 갖고 싶던 진짜 총알을 줍게 될 줄이야. 그들은 눈에 띄는 대로 총알을 주웠다. 아마 국방군은 하루에 쓸 총알을 매일 지급하고, 그것을 다 쏘지 못한 군인들이 나머지를 내버리는 게 아닐까 추측할 뿐이었다. 어쨌거나 빨치산들은 오랜만에 총을 맘 놓고 쏠 수 있었다.

빨치산이 아무리 기동성을 발휘한다 해도 포위망이나 협공에 전혀 안 걸릴 수는 없었다. 군 토벌대는 빨치산의 기동성을 비웃는 무전기나 야전 전화 같은 장비를 갖추고 있었던 것이다. 노출이 심한 겨울 산에서 토벌대의 통신 장비는 그 어느 때보다도 효과를 발휘했다.

백아산 지구에서 인민군 총위가 지휘하던 1개 연대 120명이 몰살한 데 이어, 1개 중대 32명이 또 한 명도 살아남지 못하는 일이 벌어졌다. 그런데 이태식 부대가 또다시 협공에 걸려들었다. 분명히 퇴로를 확보해 가며 접전을 벌이고 있었는데 어느 틈엔가 토벌대의 총성이 반대쪽에서도 울리기 시작했다.

"중대별로 여기를 뚫고 가겠소. 내가 왼쪽 등성이를 뚫으면 개들이 그리로 몰리는 새에 다른 중대들은 그 양쪽으로 튀씨요. 골짝으로 들어가지 말고, 산을 벗어나지 마씨요. 골짝으로 파고들면 고것이 바로 호랭이 굴이고, 평지로 나서면 그대로 총알밥잉께. 산을 옆으로만 펑펑 타야 허요."

이태식의 신속한 지시였다.

그 정면 돌파 작전은 토벌대의 허를 찌르자는 것이었다. 이태식이 중대를 이끌고 돌격전을 펴는 것을 보면서 조원제 중대는 왼쪽으로 돌파구를 뚫었다. 빨치산들을 골짜기로 몰아넣는 데 신경을 쓰고 있던 토벌대에게 이태식의 작전은 적중했다.

조원제 중대는 비상선으로 이동하다가 느닷없이 앞을 가로막는 토벌대에 부딪쳤다. 토벌대는 능선에서 그들을 기다리고 있었던 것이다. 그것이 바로 통신 장비를 이용한 토벌대의 기동성이었다. 그러나 토벌대는 1개 소대 병력으로 별로 많지 않았다. 뒤로 물러설 수 없으니 치고 나가는 수밖에 없었다.

"어쩔게라? 박치기혀 뿌러야겄제라?"

중대장이 조원제에게 다급하게 물었다.

"수도 만만헌께 고것이 안 좋겄소?"

조원제는 문화부 중대장으로서 결정을 내렸다. 빨치산들이 거의 다 그렇듯 그의 의식 속에서도 자기네와 토벌대의 수가 엇비슷하면 자기네의 수가 배로 많다는 '빨치산식 계산법'에 익숙해져 있었다. 그건 그동안의 투쟁을 통해 얻은 자신감이었다.

중대원들이 일시에 밀어붙이기를 시도했다. 그러나 토벌대는 자동화기를 난사하고, 수류탄을 던지며 적극적으로 대응해 왔다. 조원제는 시간을 끌다가는 언제 또 포위나 협공을 당할지 모른다고 생각했다. 그때 돌발 사고가 벌어졌다. 앞장섰던 중대장이 가슴에 총을 맞고 쓰러진 것이다.

"동무들, 전진허지는 말고 계속 총을 쏘씨요!"

조원제는 중대장에게 달려가며 외쳤다.

"중대장 동무! 정신 차리씨요."

조원제는 다급하게 소리치면서 가망이 없음을 직감했다. 중대장의 눈은 이미 풀려 있었고, 거친 숨결에 따라 가슴에서 피가 벌컥벌컥 솟고 있었다.

"……미, 미안스럽소……."

이 말을 남기고 중대장은 목을 떨구어 버렸다.

"중대장 동무……."

조원제는 비통함을 어금니에 물었다.

"지도원 동지, 뒤쪽에서도 총소리가 나는구만이라. 포위당하는 것 같은디라!"

다급하게 외치는 소리였다.

"워쩌!"

조원제는 몸을 벌떡 일으켰다. 전투 지휘관이 없어진 중대와 포위 상황, 조원제는 머릿속이 하얗게 비는 것 같았다. 이런 위기의 타개책을 세우는 것은 문화부 중대장의 임무였다. 지휘를 어떻게 할 것이냐는 그다음 문제였다.

"화선 당회의 소집이오. 당원들 싸게 모이게 허씨요."

조원제의 목소리가 뜨거웠다.

곧 네 명이 모였다.

"지금부터 화선 당회의를 열겠소. 상황이 급박허요. 요 화선을 뚫고 나가야 허는디, 의견들을 말해 보씨요."

조원제가 네 명을 둘러보았다.

"형편이 다급헌디 지도원 동지가 먼저 말씀해 보시제라."

한 당원이 말했다.

"알겠소. 먼저 대원들 중에서 화선입당 희망자로 돌격대를 조직해 화선을 뚫게 허고, 다음으로 우리 당원들이 대원들을 소조로 갈라 지휘허면서 여기를 벗어나는 것이 어쩌겠소?"

조원제의 의견이었다.

"좋구만이라."

네 명이 다 함께 동의했다.

조원제는 대원들 앞에 섰다.

"지금부터 조선노동당의 이름으로 묻겠소. 누가 돌격대로 나서서 저 화선을 뚫겠소? 그 용맹스런 전사는 화선입당을 시킬 것이오!"

조원제의 목소리는 엄숙했다.

"지가 허겠구만요."

"여기도 있는디요."

"나도 끼 주씨요."

"나요, 나."

"되았소, 거기서 끊겠소. 동무들은 두 사람씩 한 조를 짜서 양쪽으로 화선을 공격허씨요. 가운데는 남은 대원들이 치고 나갈 것잉게.”

조원제는 작전명령을 내렸다.

“돌겨억!”

조원제의 외침과 함께 중대원들이 조별로 내닫기 시작했다.

해가 바뀌어 1952년 1월 1일이 되었다. 빨치산과 토벌대는 치열한 싸움을 계속하고 있었다. 목숨을 걸고 싸우는 그들에게 새해는 의미가 없었다. 빨치산들에게는 더 그랬다. 그들은 궁지에 몰려 있었다. 날씨는 춥고, 토벌대의 공격은 멈출 줄 모르고, 동지들은 자꾸만 죽어 가고, 식량은 바닥이 났다.

새해가 된 이틀째부터는 눈이 퍼붓고, 바람까지 불었다. 산들은 눈보라에 휩싸였다. 천점바구는 대원 넷을 데리고 눈발을 헤치며 산속을 걷고 있었다. 그들의 개털 모자며 누비 솜옷 어깨 위에는 눈이 수북수북 쌓여 있었다. 그리고 검은 전화선을 꼬아 고무신이나 짚신을 묶은 발들은 눈투성이였다. 이번 작전에서 국방군은 전화선을 능선을 따라 거미줄 치듯 늘여 놓았다. 빨치산들은 그 전화선을 잘라 통신을 차단하고, 그것을 꼬아 발감개로 쓰고 있었다.

천점바구는 비상선을 찾아가고 있었다. 사흘째 꼬박 굶은 그들은 모두 지쳐 있었다.

그들이 산굽이를 돌아섰다.

"누구얏!"

"손 들어!"

느닷없이 터진 서로 다른 목소리였다.

천점바구와 네 대원은 순식간에 총을 겨누었다. 그러나 방아쇠는 당기지 못했다. 네댓 발짝 앞에는 그들과 똑같이 이쪽으로 총을 겨눈 국방군 몇 명이 서 있었다. 너무 갑작스럽게 맞닥뜨려 그들은 방아쇠를 당기지 못한 것이었다.

군인은 천점바구네보다 한 명 많은 여섯이었다. 다섯 명과 여섯 명이 서로를 향해 방아쇠를 당기면 11명 모두가 고스란히 죽게 될 상황이었다.

천점바구는 상대방을 노려본 채 생각을 가다듬었다. 여기서 방아쇠를 당기고 죽어? 이런 밑지는 장사가 어디 있나, 아니, 같이 죽는 거니까 밑지는 건 아닌데……. 이런 미련한 싸움이 어디 있나. 어떻게 해야 살아나지? 서로 못 본 것으로 해? 그렇지! 저것들도 방아쇠를 못 당기기는 우리하고 똑같으니까.

"국방군 동무, 담배 있으시요?"

천점바구의 입에서 나간 말이었다.

"있소."

앞에 선 국방군의 대꾸였다.

"서로 쏘지도 못헐 총, 우리 담배나 한 대씩 갈라 피우고 갈 길로 가는 것이 어쩌겄소?"

천점바구가 내놓은 제안이었다.

"괜찮은 생각이오. 우리가 사적으로 원수진 일은 없으니까. 그런데 그냥 헤어지지 담배까지 피울 건 없잖소."

국방군의 목소리에도 다소 긴장이 풀렸다.

"담배 이야기야 그냥 헌 소리요."

천점바구의 대꾸였다.

"우리 서로 마음 놓고 헤어질 수 있게 양쪽에서 한 사람씩 총을 거꾸로 해서 어깨에 엇갈리게 메도록 합시다."

국방군의 제안이었다.

"고것은 좋은디, 그쪽은 여섯인디라."

"우리는 처음에 두 사람이 한꺼번에 하겠소."

"그러면 해결났소."

"그럼, 하나·둘·셋에 맞춰 양쪽에서 한 사람씩 총을 메도록 합시다."

"그러제라."

"그럼 시작합시다. 자, 하나·둘·셋!"

국방군 둘과 천점바구가 동시에 거꾸로 잡은 총의 멜빵에 머리를 넣어 어깨에 엇갈리게 했다. 양쪽 네 사람씩은 총을 겨누고 있었다.

"하나·둘·셋!"

총을 겨눈 사람이 여섯으로 줄고, 이어 넷으로 줄고, 둘로 줄고, 마침내 아무도 없게 되었다. 열한 사람은 서로 마주 보고 서서 웃었다.

"담배 없으면 주겠소."

국방군이 말했다.

"주면 고맙겄소."

천점바구가 대답했다.

"너희도 담배 있으면 다 꺼내." 국방군 하사관이 부하들에게 말하고는 "자, 받으시오."라며 담배를 내밀었다.

"고맙소. 잘 피우겄소."

천점바구가 담배를 받았다.

두 사람이 하는 대로 다른 국방군과 빨치산도 담배를 주고받았다.

"건빵이 한 봉다리 있는디, 먹을라요?"

전라도 말씨의 어느 국방군의 말이었다.

"하먼이라. 있으면 주씨요."

반색을 하는 어느 빨치산의 대답이었다.

"잘들 가시오."

국방군 하사관이 말했다.

"몸들 성허씨요."

천점바구가 말했다.

서로 엇갈린 그들은 눈발 자욱하게 휘날리는 속으로 자취를 감추었다.

"와따메, 이틀을 꼬빡 굶은게 배꼽이 등짝에 달라붙고, 백지장 한 장 들 기운도 없는디 언제까지 굶길랑고?"

말하기 좋아하는 배삼성이 몸을 비스듬히 부린 채 짜증스럽게 말했다.

"배 동무 말은 언제나 앞뒤가 안 맞소? 백지장 한 장 들 기운도 없는 사람이 말만 잘허고 앉었소."

김종연이 찌르고 들었다.

"워메, 말이야 입으로 허는 것이고, 백지장이야 손으로 드는 것인디."

말 상대가 생겼다 싶은 배삼성이 지체 없이 공박했다.

"허! 그 몸뗑이는 어째 입 기운, 손 기운이 따로 써질까? 아직 사나흘은 더 굶을 기운이 남었다는 소리로구만."

김종연이 오금을 박고 들었다.

"아, 말을 혀도 그리 징허게 허지 마씨요. 이틀 굶고도 환장허겄는디 사나흘을 더 굶다니, 그래 갖고는 여기서 살아날 사람 하나 없소."

배삼성이 벌컥 화를 냈다.

"사나흘 더 굶어 봤자 닷샌디, 열흘 아니라 열닷새를 굶어도 안 죽소."

김종연이 대질렀다.

"아니, 김 동무가 언제 그리 오래 굶어 봤소?"

배삼성이도 만만하게 말을 놓지 않았다.

"배 동무, 처음 빨치산이 될 적에 얼어 죽고, 굶어 죽고, 총 맞어 죽을 각오허라고 안 배웠소? 그 각오를 실천헐 때가 온 것이요. 이 땅속 병기과 비트에서야 얼어 죽고 총 맞어 죽을 걱정이야 면했고, 개들이 온 산을 뒤덮고 있으니 선요원이 양식 안 대 주면 굶어 죽을 길밖에 더 있겠소?"

마침내 배삼성의 말이 막히고 말았다.

"배 동무, 바깥 사정이 안 좋아 그럴 수밖에 없을 테니 조금만 더 참읍시다."

조장이 부드럽게 말했다.

"근디 조장 동무, 총알 챙겨 갈 때도 넘었는디 어쩐 일일께라?"

말이 별로 없는 서인출이 입을 열었다.

"글쎄요, 나도 그 생각을 하던 참이오."

조장이 고개를 갸웃거렸다.

"혹여 쌈이 다 끝난 것은 아니겄제라?"

김종연이 걱정스럽게 물었다.

"아무리 토벌대가 많이 몰려들었다 해도 우리가 그렇게 허망하게 무너질 리 없소."

조장이 완강하게 고개를 저었다.

그들은 바깥에서 총알을 주워 싸우고 있다는 것도, 양식이 바닥나 굶으며 싸우고 있다는 것도 모르고 있었다.

한편, 1개 소대 군인이 총을 옆구리에 낀 채 제각기 다른 방향을 살피며 골짜기를 오르고 있었다. 그들이 조심스러운 걸음으로 비트를 지나쳐 갔다. 그런데 한 군인이 뒤를 돌아다보고 고개를 갸웃했다. 그러더니 돌아서서 서너 개의 바위를 살폈다. 그의 얼굴이 문득 긴장하는가 싶더니 휘익 휘파람을 불었다. 일순간에 소대 병력이 몸들을 납작하게 낮추었다. 군인 하나가 재빨리 다가왔다.

"뭔가!"

소위의 목소리는 낮고 빨랐다.

"저 바위 좀 보십시오."

중사가 서너 개의 바위를 손가락질했다. 바위 윗부분에는 눈이 덮이고, 아랫부분에는 쌓인 눈이 차올라 있었다. 그런데 그중 한 개는 위에도 아래에도 눈이 없었다.

"굴이다!"

소위의 놀라움 섞인 소리였다.

"예, 굴 문입니다. 안의 훈김으로 눈이 녹은 거지요."

중사의 얼굴은 자신감에 차 있었다.

곧 소대원들이 바위를 둘러싸고 총을 겨누었다. 그리고 중사가 눈 없는 바위를 밀어제쳤다. 바위는 쉽게 떠밀리며 아래로 데굴데굴 굴렀다.

"공비들 들어라! 너희는 완전 포위되었다. 열 셀 때까지 나오지 않으면 반항하는 것으로 알고 몰살시키겠다!"

소위가 뻥 뚫린 구멍을 향해 외쳤다. 굴에서는 아무 소리도 나지 않았다.

"하나아!"

바람에 눈가루가 휘날렸다.

"두울!"

소나무 잎 위에 핀 눈꽃이 바람에 뚝뚝 떨어져 내렸다.

"세엣!"

희게 말라 버린 갈대꽃이 바람에 심하게 흔들렸다.

"네엣!"

까마귀 네댓 마리가 까옥까옥 울며 날아갔다.

"다서엇!"

어느 군인의 코 들이마시는 소리가 유난히 크게 퍼졌다.

"여서엇!"

가시덩굴 사이에 낀 삐라 한 장이 바람에 떨고 있었다.

"일고옵!"

소위의 목소리가 한층 커졌다.

"여더얼!"

중사의 두 손이 배낭의 멜빵에 매달린 두 개의 수류탄으로 옮겨졌다.

"아호옵!"

중사의 두 손에 수류탄이 하나씩 들려 있었다.

"열!"

굴속에서는 아무런 기척도 없었다. 중사가 수류탄 두 개를 차례로 깠다. 소위가 뒤로 물러났다. 중사가 수류탄 두 개를 어두운 구멍 속으로 던져 넣었다.

콰광, 쾅!

폭음이 터졌다. 뒤엉킨 비명이 폭음보다 길게 뻥 뚫린 구멍에서 새 나왔다.

"새끼들, 있긴 있었군."

눈 위에 엎드렸던 소위가 일어나며 중얼거렸다.

전북도당도 대대적인 공격을 받고 있었다. 지리산을 벗어난 도당 사령부는 장수 백운산에서 토벌대와 맞서 있었다. 백운산은 온통 눈에 뒤덮여 있었다. 그 눈 속에서 쫓기고 쫓는 싸움이 벌어졌다. 빨치산들은 날마다 눈이 오기를 바랐다. 눈이 내리면 토벌대의 기동력이 떨어질 뿐만 아니라 자신들의 발자국을 덮어 행로를 감추어 주었다.

　군인들의 작전은 지리산에서와 같았다. 병력과 화력의 우세를 앞세운 그들은 산줄기의 능선을 장악하고 아래로 쓸어 내리는 작전과 함께 포위 공격을 감행했다. 1개 사단 병력 2만여 명을 풀어 삼사백 고지의 야산에서 천이삼백 고지의 큰 산까지 일시에 장악하는 바람에 빨치산들은 지구당마다 선이 끊겨 그것 자체가 벌써 넓은 포위망에 갇힌 것이나 다름없었다. 빨치산들은 자기네 지역의 산을 중심으로 토벌대의 총알밥이 되지 않으려고 뺑뺑이를 돌았다. 빨치산들이 가지고 있는 비상식량은 대개 닷새에서 엿새 사이에 바닥이 났다. 생쌀도 씹을 수 없는 그때부터 빨치산들에게 하루하루는 생지옥이었다. 굶주림이 계속되면서 체력은 떨어지고, 추위는 허기에 지친 그들을 가혹하게 위협했다. 그래도 빨치산들은 눈을 뭉쳐 씹어 가며 총알이 빗발치는 포위망을 뚫었고, 기회를 엿보아 토벌대를 기습하기도 했다.

　손승호네 중대는 군 작전이 시작되고 열사흘째 밤을 맞고 있었다. 군인들이 피운 불길이 능선을 따라 줄을 잇는 것을 보면서 그들도 움직임을 멈추었다.

　"저 바위를 등지고 오늘 밤 설영을 하겠소. 보초는 네 사람씩 1개 조요."

　중대장의 지시였다.

중대원은 모두 열아홉이었다. 그동안 여섯 명이 죽었다. 넷은 총 맞아 죽고, 하나는 얼어 죽고, 또 하나는 굶어 죽었다. 손승호는 얼어 죽고, 굶어 죽은 두 사람을 잊지 못했다. 얼어 죽은 사람은 잠든 채로 숨이 끊어져 있었다. 하필이면 자신이 그 죽음을 가장 먼저 확인했다. 그럴 수밖에 없었던 게 다음 차례의 보초가 그 사람이었다. 멋모르고 그의 몸을 흔들었을 때의 그 뻣뻣하고 딱딱하던 이물감. 머리칼이 곤두서는 섬뜩함에 하마터면 소리를 지를 뻔했다. 그때의 감촉이 손끝에 여전히 남아 있었다.

손승호는 그가 얼어 죽은 것은 며칠 계속된 굶주림에 추위가 겹친 탓이라고 생각했다. 그 사람은 반은 굶어 죽고, 반은 얼어 죽은 셈이었다.

굶어 죽은 대원은 어제 오후에 눈을 감았다. 이동을 하다가 중대는 잠시 멈추었다. 이동 방향을 새로 잡고 다시 움직이기 시작했을 때였다.

"주, 중대장 동무, 여기……."

대열 중간쯤에서 다급하게 더듬는 소리가 울렸다. 한 대원이 눈 위에 웅크리고 앉아 있었다.

"뭐요?"

중대장이 재빨리 뒤로 옮겨 왔다.

"이 동무가 죽어 뿌렀구만요."

헛김이 새는 것 같은 누군가의 대꾸였다.

"아니, 그새에……?"

중대장은 멍한 얼굴이 되고 말았다.

그 대원은 마치 잠든 것처럼 웅크리고 있었다. 광대뼈가 불거진 그 얼굴은 묘하게도 웃고 있었다.

손승호는 그 얼굴을 유심히 보며, 그가 숨이 끊어지기 직전에 무슨 생각을 했길래 웃으며 죽었을까 생각했다. 집 생각을 했을까, 밥을 배불리 먹는 생각을 했을까. 손승호는 그런 생각을 사정없이 무질렀다. 설령 그가 그런 생각을 하며 저세상으로 갔다 해도 그런 상상은 죽어 간 동지에 대한 모독이었다. 어쨌거나 마지막 순간에 웃음을 띠고 죽어 간 그 동지는 굶주림과 추위에 시달리고 있는 투쟁의 현실을 불만스러워하지 않았다는 것을 그 웃음이 증명하고 있었다. 역사에 대한 신뢰니, 혁명에 대한 긍정이니, 하는 말들을 끌어다 붙이지 않더라도 그 사람은 굶주림과 혹한을 못 이겨 죽어 가면서도 자신의 삶을 웃음으로 마감했다. 그 웃음 앞에서 손승호는 말로 표현할 수 없는 어떤 경건함과 거룩함을 느꼈다.

손승호는 보초 첫 번째 조가 되었다. 지정된 자리로 옮겨 간 그는 바지 주머니에서 삐라 뭉치를 꺼냈다. 그리고 여러 장의 삐라를 펴서 발밑에 놓았다. 발이 시린 것을 막기 위해서였다. 그 방법은 그들 사이에서 유행이었다. 보초를 서느라 눈 위에 서 있으면 발이 쏙쏙거리며 아리는 고통은 참으로 견디기 어려웠다. 추위에 어는 것만이 아니라 지난해에 걸렸던 동상이 도져 고통이 더 심했다.

작은 바위에 몸을 감춘 채 손승호는 능선에서 피어오르는 불빛들을 바라보았다. 그 불빛들의 기세는, 덤빌 테면 덤벼라, 하는 것처럼 느껴졌다.

저것들은 도대체 언제까지 저러고 있을까. 이대로 끝장을 보자는 것인가. 그렇다면 우리는 얼마나 더 버틸 수 있을까. 이레째 밥을 굶었다. 빨치산 생활을 시작한 뒤로 처음 있는 일이었다. 앞으로 열흘쯤을 이 상태로 가게 되면…… . 우리는 치명타를 입을 것이다. 그러나…… 우리는 지금 빨치산 본연의 임무에 충실하고 있다. 지속적인 투쟁으로 적의 후방을 교란하고, 그 결과로 어마어마한 적의 정규군을 주전선에서 끌어 내린 것이다. 적의 병력을 끌어 내린 만큼 주전선의 싸움은 인민군에게 유리해진다. 인민군이 계속 유리하게 하려면 국방군을 더 오래 잡고 있어야 한다. 그러나 그 결과는…… . 빨치산의 소멸인 것이다. 빨치산…… . 당과 함께 존재하고, 당을 위해 소멸하는, 당의 정치 군대. 마침내 모든 빨치산은 그 본연의 임무 앞에 선 것이다. 그것은 올바른 역사의 길이다…… .

손승호는 어금니를 맞물었다. 눈앞이 아득해지는 현기증이 일며 귓속이 찡 울리는 이명이 길게 꼬리를 끌었다. 수시로 일어나는 허기 증상이었다. 이레 동안 먹은 것이라고는 눈덩이밖에 없었다. 그러면서도 눈 덮인 산을 줄기차게 타 넘었고, 때로는 적과 맞서 총질도 했다. 속이 쓰리고 아리던 것도 점차 가셨다. 이상한 일이었다. 밥을 굶기 시작해서 사흘째가 고비였다. 첫날은 배가 고프다는 느낌만으로 넘길 수 있었다. 그런데 이튿날부터 속을 긁어내리는 것처럼 쓰리고, 뱃속이 비비 꼬이면서, 이빨 사이사이에서 신 침이 흐르고는 했다. 사흘째가 되자 속을 도려내는 것처럼 쓰리고 아리면서, 허리가 휘청휘청 꺾였다. 그리고 머리가 터질 것처럼 아프고 어지럽기까지 해 몸의 중심을 잡기가 어려웠다. 겨우겨우 사흘째를 넘기자 그런 여러 증상들이 시나브로 수그러들었다. 몸은 날마다 지쳐 갔지만 그런 고통에서 차츰 놓여난 것은 신기했다. 몸이 굶주림에 적응해 가는 모양이었다. 다른 대원들도 초인적으로 잘 버티고 있었다.

바람이 세차게 불어 눈가루가 얼굴에 사정없이 끼쳐 왔다. 손승호는 밀려드는 졸음을 막아 가며 발가락을 꼼지락거리려고 애썼다. 간부들이 입이 닳도록 되풀이하는 유일한 동상 예방법이었다. 졸음은 체력이 떨어질수록 심하게 몰려들었다. 행군 중에 졸면서 걷는 것은 각자의 요령이지만, 보초를 서면서 조는 것은 절대 금물이었다. 그러니 보초 교대처럼 반가운 것이 없었다. 하지만 한편으로는 잠에서 깨야 하는 상대방에게 그처럼 미안한 일도 없었다. 손승호는 그런 엇갈리는 감정으로 보초 교대를 하고 방금 상대방이 빠져나온 자리로 파고들었다. 눈 위에 솔가지를 꺾어다 깔고, 그 위에 담요 한 장을 펴고, 또 한 장을 덮은 잠자리였다. 그 잠자리에는 앞사람이 남겨 놓은 여린 온기가 스며 있었다. 그 온기가 얼마나 고맙게 느껴지는지, 손승호는 매번 목이 메었다. 그는 담요를 끌어올려 얼굴을 덮으며, 잠에 빠져들었다.

그때가 몇 시쯤인지 손승호는 대중할 수가 없었다.

"적이다! 기습이다!"

느닷없이 터진 외침에 모두 잠자리를 박찼다.

"보초병 어디 있나, 보초!"

중대장의 다급한 소리에 응답이라도 하듯 어둠 속에서 불빛이 번쩍했다. 그리고 총소리가 터지기 시작했다.

"산개하라! 피해라!"

피를 토하는 듯한 중대장의 외침이었다. 손승호는 무작정 뛰기 시작했다. 갑자기 머리 위에서 환한 빛이 쏟아졌다. 순식간에 어둠이 사라지며 눈 덮인 산이 드러났다. 조명탄이었다.

포위다! 아래로 뛰어서는 안 된다. 비탈을 타야 한다. 옆으로 빠져야 한다. 손승호는 순간적으로 생각했다. 그런데 다리는 아래를 향해 뛰고 있었다.

"아악!"

옆에서 비명이 터졌다. 한 대원이 고꾸라져 눈 위를 데굴데굴 굴렀다. 눈 위에 총알이 푹푹 박히고 있었다. 저 사람을 어떻게 하나! 순간적으로 머리를 스친 생각이었다. 그러나 손승호의 다리는 뛰기를 멈추지 못했다.

눈 덮인 바위가 나타났다. 여기서 방향을 바꿔! 그는 바위 뒤로 몸을 감추었다. 그리고 왼쪽으로 방향을 틀었다. 멀지 않은 곳에서 또 비명이 들려왔다. 이어서 '인민공화국 만세' 하는 소리가 총소리에 묻히고 있었다. 손승호는 어금니를 물며 부르르 떨었다. 그리고 다시 경사면을 옆으로 뛰기 시작했다. 조명탄 불빛에서 벗어나야 한다는 생각밖에 없었다.

조명탄 불빛을 벗어날 즈음, 아래쪽에서 총소리가 터졌다. 그 총소리에 비명이 뒤섞였다. 급한 마음에 아래로 뛰어 내려간 대원들이 당하는 것이었다.

손승호는 숨을 헉헉거리며 어둠 속을 걸었다. 일단 조명탄 불빛에서 벗어나자 기운이 쭉 빠지면서 가슴에서 불길이 활활 일며 숨이 가빴다. 그는 휘청거리다가 주저앉고 말았다. 눈을 움켜쥐어 입에 틀어넣었다. 눈이 입에서 녹았다. 차가운 물기가 목으로 넘어가면서 가슴의 불길이 차츰 잦아들었다.

그는 몸을 일으켰다. 총소리는 여전히 울리고 있었다. 총소리에서 더 멀어져야 했다. 그는 다시 걷기 시작했다. 총이 무거웠다. 굶주린 데다 기운을 다 쓴 탓이었다.

얼마를 걸었는지 총소리가 멀게 느껴졌다. 그리고 하늘이 희번하게 트이고 있었다. 날이 밝으면 토벌대가 전체적으로 움직일 테니 어서 몸을 숨겨야 했다.

아무리 살펴도 몸을 숨길 만한 곳을 찾기 어려웠다. 그는 한참을 더 헤매다가 느낌이 이상한 곳을 발견했다. 경사가 급한 곳에 마른 갈대가 무성했고, 그와 연이어 다복솔들이 서 있었다. 몸을 숨길 만한 곳이 아니어서 그냥 지나치려 했는데 이상하게 다복솔이 마음을 끌어당겼다. 그는 그쪽으로 발길을 옮겼다. 다복솔 가까이 간 그는 주춤 멈춰 섰다. 다복솔 뒤의 급경사면에 마른 풀이 수북하게 쌓였는데, 그 뒤로 굴 입구의 윗부분이 드러나 있었다. 비트였다. 수북하게 쌓인 마른풀은 굴문을 위장하는 데 쓰는 것이었다. 그런데 왜 굴문이 드러나 있을까? 토벌대에게 발각되었나? 그러나 토벌대에게 어지럽혀진 흔적은 없었다. 굴로 다가가 보았지만 인기척이 느껴지지 않았다. 혹시 자고 있는 것은 아닐까?

"안에 누구 있소? 난 빨치산이오. 도당 사령부 소속인데, 지금 쫓기고 있소."

아무런 기척이 없었다. 총 끝으로 마른풀 더미를 헤치자 굴문이 드러났다. 안을 들여다보는 순간 비리척한 냄새가 끼쳐 왔다. 그곳이 환자트였음을 알 수 있었다. 그는 안으로 기어 들어갔다. 굴 바닥에는 마른풀이 깔려 있었다. 그는 밖에 있는 풀 더미를 끌어다가 출입구를 위장했다. 그리고 무너지듯 바닥에 몸을 부렸다. 눈을 뜨려고 애썼지만, 몸이 한없이 아래로 가라앉았다. 퇴로를 확보해 놓지 않고 이런 굴속에 피신하는 것은 투쟁 원칙에 어긋나는데……. 그는 이 생각을 하며 잠의 파도에 휩쓸렸다.

얼마나 잤는지 알 수 없었다. 그는 목이 찢어지는 것 같은 갈증을 느끼며 잠에서 깨어났다. 멀리서 울리는 총소리가 들렸다. 출입구의 풀 더미 사이로 여린 빛이 스며들고 있었다. 몹시 목이 탔지만 대낮에 눈덩이를 뭉치러 밖으로 나갈 수는 없었다.

도대체 몇이나 살아남았을까……. 조명탄까지 쏘는 포위망 속에서……. 그런데 이상하다. 토벌대의 야간 기습은 없었던 일 아닌가! 그들은 어떻게 이쪽의 위치를 정확하게 알아냈을까……. 그리고 보초들은 적들이 그렇게 가까이 접근할 때까지 왜 몰랐을까. 그때 그의 뇌리를 치는 중대장의 외침이 있었다. "보초병 어디 있나, 보초!" 중대장은 왜 보초를 찾았을까? 보초들이 보이지 않았던 것인가? 그들이 보이지 않았다면, 혹시 그들이! ……손승호는 고개를 저었다. 그런 끔찍한 상상은 하고 싶지 않았다. 삐라

중에는 '귀순증'이라고 해서 증명서 모양을 갖춘 것도 있었다. 거기에는 '한 장이면 몇 사람이라도 통할 수 있다.'고 유혹하는 글귀가 적혀 있었다. 그것을 보고 대원들은 하나같이 비웃었다. 그리고 투항자의 사진과 함께 귀순을 권하는 글이 실린 삐라도 있었다. 그것을 볼 때도 대원들은 동지를 팔아먹은 그자의 비겁과 파렴치함을 증오했다. 투항자가 더러 있기는 했지만, 그렇다고 어젯밤의 기습이 보초병들의 배신 때문이라고 생각하고 싶지는 않았다. 그건 사람을 너무 암담하게 만드는 생각이었다.

손승호는 총소리를 들으며 눈을 감았다. 문득 박난희가 떠올랐다. 그녀 생각이 나자 그녀에 대한 염려가 갈증처럼 일었다. 무슨 일을 당하지 않았을까……. 그녀를 챙기지 못하고 혼자서 내뛴 것이 뒤늦게 죄의식으로 밀려왔다. 지리산을 떠나오며 손을 맞잡은 뒤로 그녀는 자신의 가슴에 뿌리내린 한 그루 꽃나무였다. 그런데 혼자서 이게 무슨 꼴인가……. 그녀의 큰 눈이 떠오르면서 목소리가 들려왔다. "이렇게 손을 잡고 살 수 있는 해방의 날이 오기를 바라면서 다시는 용기 잃지 않겠어요." 그 말을 자신이 받아들임으로써 그건 둘 사이의 언약이 되었다. 그런데 그녀를 챙기지 못한 채 혼자 뛰고 말았다.

박난희는 왼쪽 다리를 심하게 절룩이며 눈 쌓인 산속을 걷고 있었다. 모두 흩어질 때 그녀도 내닫다가 낭떠러지에서 굴러떨어졌다. 그때 카빈총을 잃어버리고, 무릎을 삐었다.

그녀는 마른 풀섶에 간신히 몸을 숨긴 채 꼼짝을 못했다. 무릎이 아파 움직일 수가 없었다. 토벌대의 수색 위기를 두어 차례 넘겼다. 그렇게 몇 시간을 보낸 그녀는 오후가 되어 가까스로 몸을 일으켰고 비상선을 찾아 나섰다. 그녀는 부대에서 떨어지면 안 된다는 생각만 했다. 부대에서 떨어져 '돼지'가 되면 죽게 된다고 그녀는 굳게 믿고 있었다.

그러나 그녀는 비상선을 찾지 못한 채 몇 시간째 산속을 헤매고 있었다. 굶주림에 지칠 대로 지친 그녀의 의식은 자꾸 혼란을 일으켰다. 눈 덮인 봉우리들이 흔들려 보이는 속에서 비상선으로 정한 봉우리가 왼쪽에도 있다가, 오른쪽에도 있다가 했다. 그녀는 정신을 다잡으려 애썼지만 비상선 봉우리는 제멋대로 옮겨 다녔다. 거기에 눈까지 내리기 시작했다. 눈발을 보자 그녀는 초조해졌다. 눈발은 점점 심해졌고 바람도 거칠어졌다. 초조함이 공포로 바뀌었다. 눈 속에 파묻혀 죽을 것 같은가 하면, 눈발 저쪽에서 어릿거리는 봉우리가 무슨 괴물처럼 보이면서 곧 덮쳐 올 것만 같았다.

"손 동무우! 손 동무우!"

그녀는 울부짖고 말았다. 그 소리가 얼마나 위험한지, 그녀는 이미 판단력을 잃고 있었다.

"손 동무우! 손 동무우!"

그녀는 허리가 반으로 접힐 때까지 온 힘을 다해 외쳤다. 그 목소리는 긴 산울림으로 울려 퍼졌다.

탕! 탕탕!

총소리가 터졌다. 그녀는 푹 고꾸라졌다. 가슴에서 피가 솟구쳤다. 낡고 때에 전 솜옷을 타고 내린 피가 눈 위에 새빨갛게 번지기 시작했다. 그녀는 큰 눈을 번히 뜬 채 숨이 끊어졌다. 피가 흘러내리는 그녀의 몸을 군홧발들이 에워쌌다.

날이 어두워지자 손승호는 굴에서 나와 허겁지겁 눈을 입에 몰아넣었다. 정신이 좀 드는 것 같았다.

그 저주스러운 토벌대의 불길이 산등성이에서 타오르고 있었다. 저놈들이 쉬는 틈에 비상선을 찾아가야지. 그는 자신을 일깨웠다. 그런데 마음 한 자락은 굴에 묶여 있었다. 굴속의 아늑함을 버리고 싶지 않았다. 안 된다, 돼지가 되고, 도깨비 빨치산이 되겠단 말이냐. 너는 당원이야. 당원이 될 때 각오한 바가 있지 않더냐. 가자, 동지들이 있는 곳으로 가자. 그는 단호하게 몸을 일으켰다.

손승호는 밤새 눈 속을 헤맸다. 너무 기운이 없어 걷기도 어려운 데다 정신까지 어릿거려 방향을 분간할 수 없었다. 어디를 어떻게 헤맸는지도 모른 채 날이 밝아 오고 있었다. 그는 부들부들

떨면서 또 몸 숨길 곳을 찾았다. 급한 대로 가시덩굴 사이로 파고 들어 엎드렸다. 엎드린 채로 눈을 뭉쳐서 먹었다. 군 작전이 시작되고 열닷새째 아침밥이면서 밥을 굶기 시작하고 아흐레째 눈밥이었다. 이런 식으로 굶으면 언제까지 살 수 있을까……. 제1 비상선은 선이 끊어졌고, 제2 비상선은 오늘 안으로 꼭 찾아가야 하는데……. 그는 개털 모자 쓴 머리를 눈에 박은 채 잠으로 묻혀 들었다.

따꿍! 따꿍! 따꿍!

그는 총소리에 놀라 잠이 깼다. 한낮이었다.

따꿍! 따꿍! 따꿍!

총소리는 세 방씩 간격을 두고 울렸다. 손승호는 그것이 토벌대끼리 보내는 신호라고 직감했다. 혹시 작전을 끝내는 것 아닐까! 그의 머리를 스친 생각이었다. 그러면 얼마나 좋을까. 그는 어디다 대고 기도라도 하고 싶은 심정이었다.

얼마쯤 지나 노랫소리가 들려왔다.

전우의 시체를 넘고 넘어 앞으로 앞으로…….

마른 갈대 줄기 사이로 군인들이 능선을 타고 내려가는 것이 보였다. 아, 맞다! 정말 작전이 끝났구나! 손승호는 주먹으로 쌓인 눈을 내리쳤다. 울컥 울음이 솟구쳤다. 살아났다는 감격이었다.

군인들의 모습이 다 사라지기를 기다려 손승호는 가시덩굴에서 빠져나왔다.

"그날 밤 마지막 보초가 둘이었는데 바로 그놈들이 개들한테 넘어가서 한 짓이오."

제2 비상선에 도착해 중대장에게 들은 말이었다. 손승호는 멍하니 하늘만 쳐다보았다.

모여든 대원은 여섯이었다. 열아홉에서 투항자 둘을 빼면, 11명이 죽었다는 결론이었다. 손승호는 속으로 박난희를 수없이 불렀다.

28

각 도당과 지리산의 전면 공세

전남북도당 지역에서 군 작전이 진행되고 있는 동안 지리산에서는 거의 총성이 울리지 않았다. 빨치산들은 보투를 나가는 경우에나 소수의 군부대나 군경 합동 부대와 부딪칠 뿐이었다. 빨치산들은 주로 공격에 대비해 보투를 하고, 토벌대가 버리고 간 물건을 확보하느라 시간을 보냈다. 온 산에 거미줄을 치듯 깔아 놓은 전화선은 말할 것도 없고, 더 중요한 것은 총알이었다. 토벌대가 진을 쳤던 자리를 찾아다니면 총알이 여기저기 떨어져 있었다. 총알이 가득 든 탄대를 줍는 일도 적지 않았다.

이해룡 부대에 뜻밖의 기분 좋은 일이 생겼다. 한 대원이 철쭉 밭에서 총알 수백 발을 찾아낸 것이다. 그 대원은 총알 줍기를 하다가 풀섶에서 총알을 발견했다. 그런데 총알이 그냥 떨어진 게 아니라 줄을 치듯 조로록 놓여 있었다. 그 총알의 행렬은 철쭉밭 속으로 이어졌다. 그리고 그 속에는 총알이 수북이 쌓여 있었다.

"동무들! 귀신 곡헐 일이 생겼소!"

놀란 그 대원이 소리쳤다.

모여든 대원들은 모두 놀랐다.

"어쩐 일일까? 저리 많은 총알을."

"군인 중에 우리를 좋아허는 사람이 그러지 않았겠소?"

그들은 조심스럽게 철쭉밭으로 들어갔다.

"저기 종이쪽지가 찡겨 있지 않으요?"

"맞으요, 무슨 글씨가 써졌소."

처음 총알을 찾아낸 대원이 탄창 사이에 끼워진 종이쪽지를 조심스럽게 빼냈다.

'승리의 그날까지 용감히 싸우시오.'

쪽지에 적힌 글이었다. 그것은 어느 동조자가 남기고 간 짧은 편지였다.

그러나 지리산에 총소리가 울리지 않는 날은 그리 오래가지 않았다. 전남북 지역에서 일단 작전을 멈춘 국방군 2개 사단은 1주일 휴식을 취하고 1월 10일부터 토벌 작전을 다시 개시했다. 이번에는 2개 사단 병력을 반으로 나눠 지리산과 도당 지구를 동시에 공격하는 전면 작전이었다. 1차 집중 공세로 타격을 입힌 다음 2차에서는 빨치산 수가 줄어든 것에 맞추어 전면 공세로 바꾼 것이었다. 지리산 지구와 달리 도당 지구의 빨치산들은 기운 회복은커녕 비상식량도 제대로 갖추지 못한 채 다시 토벌전에 맞서야 했다.

이미 예측하고 있던 일이라 지리산의 빨치산들은 1차 때처럼 동요하지 않았다. 이해룡은 변경된 전술에 따라 이번에는 병력을 소조로 편성하지 않았다. 간부 회의에서 지난번의 전술을 검토한 결과 소조 편성으로 발생한 전투력의 분산을 막기로 한 것이었다.

"또 지난번 같은 공격이 들어오면 과감히 지리산을 탈출하는 작전을 써야 할 것 같소. 지난번처럼 지리산 전체가 포위된 상태에서 지리산에서 맴도는 것은 자멸을 초래할 뿐이오."

김범준이 말한 전술에 반대하는 간부는 없었다.

이해룡은 비상식량이 열흘 치가 미처 못 되는 게 마음에 걸렸다. 그동안 보투에 최선을 다한 결과가 그것이었다.

"동지 여러분! 다시 싸움이 시작되었습니다. 우리는 불도 마음대로 피울 수 없고, 잠도 제대로 잘 수 없습니다. 쌀이 있어도 밥을 해 먹을 수 없습니다. 생쌀을 씹더라도 쌀이나마 많으면 얼마나 좋겠습니까. 여러분이 지닌 비상식량은 열흘 치가 못 됩니다. 동지 여러분, 각자 지닌 양식을 최대한 아끼면서 끝까지 견뎌 주십시오. 우리는 살아남아야 합니다. 다 같이 강철 같은 용기로 투쟁에 나섭시다!"

이해룡은 매서운 바람이 몰아치는 속에서 대원들을 향해 비장하게 외쳤다.

군 토벌대가 지리산으로 진입하기 시작했다. 이해룡은 피아골 병력을 화엄사골로 이동시켰다. 지리산을 벗어나 야산으로 옮기자는 새 전술을 실행하기 위해서였다.

이해룡은 화엄사골에 도착해서야 박영발 도당 위원장이 와 있다는 것을 알았다. 지리산을 벗어나 야산으로 붙는다는 계획에는 도당 위원장도 찬동했다.

탈출 방향은 북쪽으로 정했다. 이유는 두 가지였다. 서쪽과 남쪽으로는 섬진강이 가로막혀 있었다. 그리고 지난번에 북쪽보다 서쪽과 남쪽으로 토벌대가 훨씬 많이 밀려들었다. 그도 그럴 게 빨치산들이 춥고 눈이 깊은 북쪽 골짜기를 피해 남쪽 골짜기에 많이 퍼져 있었던 것이다.

부대는 두 개로 편성되었다. 이해룡은 2연대의 지휘를 맡았고, 도당 위원장 보위대는 따로 편성되었다. 부대를 둘로 나눈 것은 지휘 효과를 살리고, 적을 유인하고 협공하기 위해서였다.

작전은 12일 밤에 시작되었다. 어둠을 이용해 감쪽같이 빠져나가는 것이 최선의 방법이었다. 그러나 뜻대로 되지 않았다. 이쪽의 인원이 많은 데다 토벌대의 야간 경계가 심해 결국 전투가 붙게 되었다.

쉴 새 없이 쏘아 올리는 조명탄으로 눈 덮인 골짜기는 대낮이나 다름없었다. 빨치산들의 모습은 조명탄 불빛 아래 송두리째 드러났다. 빨치산들에게 그 불빛은 감당할 수 없는 공포였다. 대열은 금방 헝클어졌고 다들 몸 숨길 데를 찾아 우왕좌왕했다. 거기다 대고 토벌대는 박격포를 쏘고, 기관총을 갈기고, 수류탄을 던졌다. 불리해도 이만저만 불리한 싸움이 아니었다. 빨치산들이 여기저기서 픽픽 쓰러졌다. 한시라도 빨리 조명탄 불빛에서 벗어나야 했다.

"후퇴다, 후퇴! 비상선으로 후퇴!"

이해룡은 후퇴 명령을 내렸다. 지리산을 벗어나려는 의도를 적들이 알아챈 이상 전진 시도는 무모한 희생만 낼 뿐이었다.

일단 위험지대에서 발을 뺀 그들은 엉뚱한 쪽으로 방향을 틀어 주능선 쪽으로 치달아 올랐다. 추격하는 적을 따돌리면서 적의 투입이 적은 북쪽 계곡으로 넘어가자는 것이었다. 그 의외의 계획은 성공적이었다. 일단 어둠 속으로 자취를 감춘 빨치산은 토벌대의 조명탄으로도 찾아낼 수 없었다.

어둠에 묻힌 눈 쌓인 골짜기를 올라 노고단으로 이어지는 주능선에 올라서는 순간 그들을 맞이한 것은 무섭게 몰아치는 얼음

바람이었다. 나뭇가지와 풀잎에 얹혔던 눈이 낮에 녹았다가 다시 자디잔 고드름으로 맺힌 얼음이 거센 바람에 떨어져 날리는 것이었다.

그들은 얼음 바람을 뚫고 달궁골을 타 내렸다. 모두가 전홧줄로 감발을 했지만 숱하게 미끄러지고 나둥그러졌다. 그들이 찾아간 남원군당의 비트들은 비어 있었다. 군당이 적의 공세를 피해 어디론가 이동했음을 알 수 있었다.

인원 점검 결과 희생자가 200명에 가까웠다.

"우리 계획이 무모했던 게 아니라 적이 너무 강했소."

도당 위원장의 침통한 한마디였다.

달궁골에서도 오래 견딜 수 없었다. 토벌대의 추격은 집요했다. 그들은 사흘 만에 뱀사골로 넘어갔다. 그러나 뱀사골이라고 나을 것이 없었다. 뱀사골로 넘어온 것은 적의 추격을 따돌리면서, 부대를 소조로 편성하는 시간을 벌자는 것이었다. 부대를 소조로 분산시켜 적의 눈을 속여야 했다.

비행기는 지난번처럼 삐라를 뿌렸고, 저공비행을 하며 귀순 권고 방송도 했다.

"지리산 골짜기에 숨어 고생하시는 빨치산 여러분, 저는 전북도당 남원군당 여맹 선전부장이었던 이옥주입니다. 저도 얼마 전까지 달궁골에서 여러분처럼 온갖 고생을 다 겪었습니다. 그러나 여러분, 속지 마십시오. 혁명 투쟁이란 처음부터 이루어질 수 없는 헛소리였고, 지금은 완전히 가망이 없어지고 말았습니다. 이제 곧 휴전협정이 체결됩니다. 그렇게 전쟁이 끝나면 여러분의 운명은 어찌 됩니까. 여러분은 공산 괴뢰 집단에 이용만 당하고, 결국은 이 추운 산속에서 버림받게 되는 것입니다. 저는 그 사실을 깨닫고 자유 대한의 품에 안겼습니다. 물론 귀순하기 전에는 많이 의심했습니다. 귀순하면 과연 살려 줄까. 살려 준다는 것은 거짓말이 아닐까. 이용만 하고 죽여 버리는 것이 아닐까. 그런 의심이었습니다. 그러나 의심하지 마십시오. 저를 보십시오. 이렇게 분명히 살아 있지 않습니까. 빨치산 여러분, 이 추운 겨울에 무엇을 위해 고생하고 있습니까. 더 속지 말고 산에서 나오십시오. 어서 산에서 나와 부모님과 형제자매와 처자식이 애타게 기다리고 있는 집으로 돌아가십시오. 따뜻한 방과 뜨끈뜨끈한 밥이 여러분을 기다리고 있습니다. 자유 대한은 여러분의 지난 잘못은 일절 따지지도 벌하지도 않습니다. 지금 당장 가까운 토벌대로 발길을 돌리십시오. 어느 부대나 여러분을 뜨겁게 환영할 것입니다. 지금 당장 결심하십시오."

젊은 여자의 목소리는 성능 좋은 확성기를 통해 골짜기마다 울려 퍼졌다.

골짜기에 몸을 숨기고 있는 빨치산들은 그 선전 방송을 들을 수밖에 없었다.

"참말로 저년이 저거 사람 맥 빠지게 맹그네그려."

마른 풀섶 우거진 속에 몸을 감추고 있는 몇 사람 중에 한 사람이 내뱉었다.

"금메, 오살헐 년이요. 동지들 내뿔고 도망친 것도 모자라 저리 뻔뻔스럽게 주둥이 까서 우리 맘까지 심란허게 맹글고 있으니."

옆 사람이 말을 받았다.

"빨치산 밥 하루라도 먹었다는 년이 참말로 지 맘이 동혀서 저리 새살을 까고 자빠졌을게라?"

다른 사람이 의심스러운 얼굴을 했다.

"저 말이야 적어 준 대로 읽는 것일 테고, 무슨 수를 쓰든 살아 나겠다고 저 개지랄허는 것 아니겠소."

"저 지랄헌다고 살아나질께라?"

"해방되고 지금까지 빨갱이라고 허면 악독허게 때려죽이고 쳐 죽인 것 다 까먹었소? 인공 만세 한 번 불렀다고 빨갱이로 몰아 죽이는 놈들인디, 빨갱이 중에 빨갱이를 살려 줄 성싶으요?"

"맞소. 우리 동지들을 전홧줄로 칭칭 묶어 벌집을 맹글어 죽인 것이야 우리 눈으로 똑똑히 봤고, 천왕봉 아래 경남도당 쪽에서 경찰 놈들이 여자 대원들을 잡아 쇠꼬챙이를 불에 달궈서 양쪽 볼기짝에 공비라고 쓰고 나서 총살시키지 않았소. 사람들을 그리 몰악스럽게 죽이는 흉악헌 놈들을 어찌 믿겄소."

"저런 방송은 우리를 속여 빨치산 씨 말리자는 심뽄께 맘 강단지게 먹고 끝까지 싸워야 쓰요."

"그래야제라. 기왕지사 죽을라면 싸우다 죽어야제라."

새로 등장한 방송에 대한 빨치산들의 반응은 대개 이랬다. 처음에는 사기의 위축을 보이다가 끝내는 토벌대에 대한 증오로 이야기들을 끝냈다.

이해룡 부대는 뱀사골로 옮겨 오자마자 비행기 공격을 받았다. 이해룡은 20여 명을 이끌고 정찰을 하고 있었다. 그런데 갑자기 비행기가 나타났다. 삐라를 뿌리는 비행기가 아닌 전투기였다. 두 대의 전투기가 골짜기를 훑듯 날아왔다. 이해룡은 자기들이 표적인 줄 알아채고 바위 뒤로 몸을 던지며 외쳤다.

"모두 피해라! 엎드려라!"

그때였다. 그의 눈앞에 난데없는 불길이 확 일어났다. 정신이 아찔했다.

"으악!"

"아이고메 나 죽네!"

"워메 엄니, 워메 뜨거라!"

비명이 터졌고, 대원 서너 명이 몸에 불이 붙어 날뛰었다. 순식간에 벌어진 그 일에 그는 잠시 어리둥절했다. 그런데 또 이상한 폭음과 함께 불길이 팍팍팍 일었다. 그 불길에 싸인 대원들이 또 비명과 아우성을 지르며 불붙은 몸으로 날뛰었다.

"다 흩어져라! 흩어져서 바위 뒤에 숨어!"

그는 외치며 불길에 싸여 미친 듯이 날뛰는 대원들에게 달려 갔다.

"굴러, 눈 위에 뒹굴어!"

그는 제정신이 아닌 대원들을 마구 눈 위에 넘어뜨렸다.

"대장님, 비행기 또 오요!"

누군가의 외침이었다. 비행기 두 대가 또 괴물처럼 날아들고 있 었다. 그는 허겁지겁 바위 뒤로 몸을 내던졌다. 비행기는 또 불길 을 터뜨리며 지나갔다. 그러나 새로운 비명은 일지 않았다.

그는 바위 뒤에서 다시 뛰쳐나왔다. 두 명이 불붙은 몸으로 눈 위를 구르며 몸부림치고 있었다. 그리고 세 명은 옷에 불이 붙은 채 눈 위에 널브러져 있었다.

대원들이 모두 뛰쳐나와 눈을 퍼부어 다섯 사람의 몸에 붙은 불을 껐다. 그러나 세 사람은 이미 숨이 끊어졌고, 두 사람 중 하 나도 곧 숨이 끊어지고 말았다. 한 사람만이 얼굴이 온통 그을린 채 겨우 숨을 쉬고 있었다.

비행기는 더 날아오지 않았다.

"동무들, 네 동무를 눈으로라도 묻어 주시오."

이해룡이 목 잠긴 소리로 말했다.

대원들은 네 사람의 시체를 나란히 눕히고, 눈으로 덮어 주었다. 눈장례가 끝나도록 이해룡은 혼자 서 있었다. 흐린 하늘을 향한 그의 얼굴에 눈물이 흐르고 있었다.

간신히 목숨을 건진 대원도 다음 날 숨을 거두고 말았다.

네이팜탄 공격은 그 뒤로도 거의 매일 계속되었고 희생자는 자꾸 생겼다. 불시에 나타나는 비행기의 공격은 불가항력이었다. 빨치산들은 네이팜탄을 '불탄'이라고 불렀고, 그것을 몹시 두려워했다.

칼바람과 눈과 얼음 속에서 지리산 2차 공세가 끝났다. 1월이 다 저물어 있었다. 이해룡은 지칠 대로 지친 대원들을 이끌고 날라리봉으로 이어지는 주능선에 섰다. 거친 바람 속에 봉우리들이 아득하게 펼쳐져 있었다. 아, 저 많은 골짜기에서 이번에는 또 얼마나 많은 목숨들이 죽어 갔는가……. 눈앞에 죽어 간 동지들의 모습이 떠오르고, 귀에는 총소리에 뒤엉킨 동지들의 울부짖음이 들려왔다.

이번에도 대원을 반 이상 잃었다. 토벌대에게 죽어 간 것만이 아니라 얼어 죽고, 굶어 죽은 사람이 지난번보다 많았다. 날씨가 더 춥고, 작전도 더 길었던 탓이었다. 그런 악조건 속에서도 도당 위원장과 김범준 소장을 지켜 낸 것은 다행이었다.

이해룡은 귀에 익은 신음 소리에 고개를 돌렸다. 잠깐 쉬는
동안인데도 몇몇 대원들이 나무에 기대 잠들어 있었다.
신음 소리는 그들이 내고 있었다. 으으으으……. 그 앓
는 소리는 숨을 내쉴 때마다 낮고 음산하게 흘러나
왔다. 그건 동상의 고통 때문에 잠결에 흘리는 신

음이었다. 살을 찢거나 뜯는 것 같은 동상의 고통은 정말 견디기 어려웠다. 동상은 손가락 발가락이 푸르죽죽하게 얼부풀다가, 더 가무칙칙한 색깔로 변하며 피와 진물이 흘러내리고, 그 피고름이 또 얼어붙어 손가락 발가락이 하나로 떡 덩어리가 되고, 그러면서 검붉게 썩기 시작해서 마치 문둥병을 앓는 것처럼 손가락 발가락이 매듭매듭 떨어져 나갔다. 동상은 도저히 막을 길 없는 또 하나의 적이었다. 동상에 걸리지 않은 대원은 하나도 없었고, 떡 덩어리가 된 발가락으로 산을 오르내리며 싸우는 대원도 적지 않았다. 도저히 걸을 수 없는 대원은 환자트로 보냈지만, 거기는 치료소가 아니라 휴식처일 뿐이었다.

"자, 동무들 출발합시다. 힘들 내시오. 피아골에 가면 쌀이 있소. 가서 뜨끈뜨끈한 밥을 해 먹도록 합시다."

이해룡은 초췌하게 말라 버린 대원들을 향해 목소리를 돋우었다.

29

또 하나의 전쟁터, 포로수용소

"자네는 내 심정 모를 거네. 그런 거짓말로 살아난 것이 내내 괴로웠네. 뭐랄까, 목숨에 급급한 비겁이라 할까. 나 자신에 대한 혐오감 때문에 나는 참 오래 괴로웠네. 그러니 일을 제대로 해야 살아난 의미도 있고, 내 스스로 혐오감에서 벗어날 수 있지 않겠나."

김범우는 부끄러운 생각을 앞세우지 않고 마음을 털어놓았다. 앞에 앉아 있는 정하섭은 옛날의 제자가 아니라 능력을 갖춘 조직의 간부였다.

"선생님의 심정은 이해합니다만, 우선 선생님의 시각부터 좀 교정했으면 합니다. 선생님은 지금 개인의 입장에서만 그 일을 보고 계십니다. 그걸 조직의 입장으로 돌리라고 지적하고 싶습니다. 개인의 입장에서 보면 그런 거짓말로 살아난 것이 양심에 걸려 스스로 비겁하게 느껴질 수 있습니다. 그러나 조직의 입장에서 보면 그 거짓말은 귀중한 생명을 건지기 위한 훌륭한 전술적 임기응변입니다. 당은 전사들에게 급박한 위기에 처했을 때 임기응변으로 목숨을 건져야 한다고 학습시켰지, 양심에 어긋나니까 거짓말하지 말고 그냥 죽으라고 학습시킨 일은 없습니다. 그러니까 선생님은 훌륭한 전사 노릇을 하신 겁니다. 선생님, 제 생각을 어떻게 보십니까?"

정하섭은 김범우를 지그시 바라보며 웃음 지었다. 김범우는 그 완벽한 논리에서 완성된 한 당원의 모습을 보고 있었다. 네가 나를 구해 주는구나, 하고 김범우는 생각했다.

"자네 말을 받아들인다고 하세. 그렇다고 내가 여기 이대로 있어야 하는 건 아니지 않은가."

김범우는 자신의 요구를 일깨웠다.

"네, 제가 오늘 찾아뵌 것이 그 문제 때문입니다. 선생님은 통역보다 더 중요한 일을 하기로 결정되었습니다."

정하섭이 눈 빠르게 주위를 경계했다.

"그래?"

김범우는 얼굴이 밝아졌다.

"예, 그건 선생님이 반공 포로에 끼어 수용소를 하루빨리 벗어나는 일입니다."

정하섭의 말은 너무나 뜻밖이었다.

"아니, 그게 무슨 소린가?"

김범우는 모독감과 불쾌감을 느꼈다. 저게 나를 봐주려고 저러는 모양인데, 사람 취급 더럽게 하는군. 김범우는 정하섭이 자신을 불신하는 데서 나온 처사라고 느꼈다.

"아니 선생님, 왜 그렇게 기분 나빠하십니까?"

정하섭은 의아한 얼굴로 김범우를 보았다.

"자네 참 대단하군. 날 그렇게 모욕하고도 왜 기분 나빠하느냐고 묻다니."

"선생님, 그건 오해십니다." 정하섭은 손을 내젓고는 "선생님보고 그냥 나가서 반민족 세력에 합류해 반동 노릇이나 하면서 살라는 것이 아닙니다. 선생님한테는 엄연히 과업이 주어져 있습니다. 결론부터 말하자면, 휴전에 따른 투쟁의 장기화에 대비해 인민들 속에 조직을 만드는 과업입니다. 선생님은 그 장기적 투쟁의 기반을 마련하는 임무를 가지고 반공 포로로 나가시는 겁니다. 여기서 통역을 하는 것보다 훨씬 중대한 임무입니다. 어떻게 생각하십니까?"라며 김범우를 보았다.

"음, 뜻밖이군. 그건 아주 중대한 결정 같은데, 여기서 결정된 사항인가?"

김범우가 정색을 하고 물었다.

"아닙니다. 휴전회담 말이 나오면서 당 정치위원회에서는 그 사항을 벌써 결정했습니다. 그런데 전달 과정에 어려움이 많아서 이렇게 늦어진 겁니다."

"그럼 그게 각 도당에도 전달되겠군?"

"물론입니다. 그런데 모든 도당 조직이 입산해서 빨치산이 된 것이 큰 문제입니다. 뒤늦은 후회지만, 각 도당이 인공하에서 비밀 조직을 이중으로 갖추지 못한 것이 참 안타깝습니다. 제가 반공 포로로 나갈 수 없는 것도, 이미 노출되어 버렸기 때문입니다. 그런 면에서 선생님은 최적의 인물이고, 그래서 선생님의 거취를 그렇게 결정한 것입니다."

"이제 알겠네."

김범우는 고개를 끄덕거렸다.

"어떻게 하시겠습니까?"

"어떡하긴, 따라야지."

김범우는 정하섭을 똑바로 보았다.

"선생님, 감사합니다."

"이게 어디 개인을 위한 일인가."

"예." 정하섭은 고개를 숙여 보이고는 "이제 반공 포로의 태도를 취하시는 게 좋겠습니다."라며 결론짓듯 말했다.

"그러지. 그런데 반공 포로는 언제쯤 내보낸다는가?"

"예, 석방 소문이 있기는 한데, 그게 언제일지는 아직 모르겠습니다."

"그렇겠지. 그게 이승만 정부 단독으로 결정할 문제가 아니라 미국의 영향력 아래 있는 문제니까."

"미국 놈들, 참으로 악랄합니다. 제네바 협정을 지킬 생각은 안 하고 외부와 차단된 이 섬에 포로들을 가둬 놓고 공갈·협박·테러·살인을 저질러 가면서 억지로 반공 포로를 만들고 있지 않습니까."

정하섭의 얼굴이 싸늘하게 굳었다.

"그자들로서는 당연한 일일세. 이 전쟁이 우리 민족에게는 민족 세력과 반민족 세력의 싸움인데, 미국에게는 자기네 자유민주주의와 세계 공산주의와의 싸움 아닌가. 미국도 이 전쟁을 치른 대가를 얻어 내려 하는 것이지. 그들이 이 전쟁에서 얻고자 하는 건 자유민주주의 체제가 공산주의 체제보다 우월하다는 것을 세계에 보여 주는 것이네. 그 첫 번째 작업이, 그들이 북쪽에서 후퇴하면서 북쪽 사람들을 대대적으로 남쪽으로 이동시킨 피난민 작전 아닌가. 그때 북쪽에 파다하게 퍼진 소문이 원자폭탄 투하였네. 그 소문을 들은 북쪽 사람들은 원자폭탄을 피해 남쪽으로 피난할 수밖에 없었지. 그런데 그 많은 피난민이 공산주의 체제가 싫어서 자유민주주의 체제를 선택한 것으로 전 세계에 선전했네. 물론 공산주의가 싫어서 북쪽을 떠난 사람들도 있었지만, 그렇지 않은 사람들에게 그 소문은 얼마나 가혹했겠나. 체제의 우월함을 보여 줘야 하는 미국으로서는 그 많은 사람들이 고향을 잃는 것쯤은 아무것도 아니지. 그리고 체제의 우월함을 드러낼 두 번째 작업이 반공 포로를 만들어 내는 일이네. 미군이 제네바 협정을 지키지 않고 포로 개개인의 뜻에 따라 어느 쪽으로 갈지 나누겠다는 건 분명 국제법 위반이네. 그런데 그 주장에 근거가 전혀 없지는 않다는 게 문제네. 그 근거가 바로 의용군을 강압적으로 끌어갔다는 것 아니겠나."

"선생님, 의용군 전체가 강압으로 끌려온 건 아닙니다. 시행 과정에서 일부 있었을 뿐입니다. 그렇게 따지자면 이승만도 이북에서 강압적으로 군대에 끌어가지 않았습니까?"

"맞네, 서로 싸우는 입장에서 상대방 지역 사람들을 모병하거나 징병하는 게 어떤 전쟁에서 있을 수 있겠나. 그런 특이한 현상이 벌어진 건 이번 전쟁이 국가 간의 전쟁이 아니라 같은 민족 간의 전쟁이기 때문이네. 바로 그 민족의 아픔을 미국이 체제 우월성을 나타내는 선전물로 이용하려는 것이네."

"맞습니다, 선생님. 그 흉계를 막는 길은 그자들의 폭력에 맞서는 투쟁뿐입니다."

정하섭이 결연하게 말했다.

"그렇겠지. 허나 조심하게. 분위기가 갈수록 살벌해지고 있으니까. 이 막사, 저 막사에서 끌려갔다가 돌아오지 않는 사람이 늘고 있네. 그 사람들은 다 죽었다고 봐야겠지. 포로들 명단이 미군 손아귀에 장악되어 있는 상황에서 우리 목숨은 개목숨이나 다를게 없네. 여기는 서로가 서로를 의심해야 하는 전쟁터보다 살벌한 곳이네."

"예, 그래서 앞으로는 자주 찾아뵙기 어려울 것 같습니다."

"당연하지. 안전이 최선이네."

정하섭과 헤어진 김범우는 다리를 절룩이며 운동장을 천천히 걸었다. 바람결에 봄기운이 서려 있었다. 봄이라는 계절 감각과 달리 그는 마음이 무거웠다. 자신의 행동 방향이 결정된 것과, 또 하나의 전쟁터가 되고 있는 수용소의 상황 때문이었다.

수용소가 본격적으로 전쟁터가 된 것은 작년 9월부터였다. 74·81·82·83수용소가 반공 세력에 장악되어 태극기가 게양되고, 그에 맞서 76·77·78수용소가 친공 세력에 장악되어 인공기가 게양되면서 피를 뿌리는 사상 전쟁이 소용돌이를 일으켰다.

한 단위의 수용소에 6천 명씩 수용된 포로들은 미군의 규정에 따라 자체 조직을 갖추었다. 막사 하나가 소대였고, 단위 수용소

는 연대가 되었다. 따라서 연대장에서 소대장에 이르는 간부들도
생겨났다. 취사도 쌀과 부식을 공급받아 자체적으로 해결했으므
로 취사반도 생겨났다. 통역관은 정문 위병소에 한 명씩 배치되었
다. 각 단위 수용소의 사상 대결은 그 조직들을 중심으로 이루어
졌다. 어느 쪽에서 그 조직을 장악하느냐가 1차적인 싸움이었고,
그다음이 지지 세력 확보였다. 처음 간부들을 정할 때는 나이가
좀 들었거나 통솔력이 있는 사람들을 지명했고, 기가 센 사람들
이 스스로 맡겠다고 나서면 그대로 통했다. 그래서 간부들도 성

분이 서로 다를 수밖에 없었고, 반대자를 축출하는 데 피를 뿌리지 않을 수 없었다. 조직을 장악한 다음에는 포로들 중에서 사오백 명의 적극적인 지지자를 찾아내 조직을 밑받침하게 함으로써 나머지 사람들을 억눌러 자기네 깃발을 올렸다. 그러나 하나의 단위 수용소에 어느 쪽 깃발이 올랐다고 해서 6천여 명이 다 그쪽이라는 보장은 없었다. 목숨이 오락가락하는 공포 분위기 속에서 많은 사람들은 자기 생각을 감춘 채 깃발에 따라 겉시늉을 하고 있었다. 반공 세력이 국방군 33경비 대대의 지원과 보호를 받아 가며 싸움을 벌이는 것에 비해 친공 세력은 방해와 탄압을 받아 가며 싸움을 벌이고 있었다. 76수용소에서 내건 '인민군 포로들에 대한 야수적인 위협 협박 공갈 고문 투옥 학살을 즉시 금지하라!' 하는 현수막이 그 실상을 잘 보여 주고 있었다. 그 양보 없는 싸움에서 쌍방의 가혹성은 날이 갈수록 심해졌다. 밤사이에 없어지는 사람들이 늘어났고, 그러면서 거제도 앞바다에 토막난 시체들이 떠다닌다는 소문이 퍼졌으며, 패싸움이 벌어져 사람이 죽고 다치는 일이 날마다 일어났다.

김범우는 몸이 거의 회복된 작년 10월부터 통역으로 나서기를 바랐다. 미 군정 시절에 그랬듯 이곳 수용소에서도 정문에 배치된 통역의 영향력은 막강했다. 통역이 어느 쪽 생각을 가진 사람인가에 따라 그 수용소의 색깔이 좌우될 정도였다. 모든 것이 미군의 손에 달렸으므로 통역의 입을 통해 간부 조직을 어느 쪽으로든 뒤바꾸기는 쉬웠다. 그러나 정하섭은 김범우의 그런 뜻을 뒤로 미루게 하다가 마침내 오늘과 같은 결정을 내놓았던 것이다.

김범우는 걸음을 멈추고 어스름에 묻혀 가는 국사봉을 멍하니 바라보고 서 있었다. 문득 하와이 포로수용소 냄새가 났다. 하와이 포로수용소와 거제도 포로수용소의 모습은 너무나 흡사했다. 미군들이며, 가시철망이며, 막사며, 높은 초소가 다 닮아 있었다. 그러나 가시철조망에 갇힌 사람은 엄연히 달랐다. 그때는 일본 놈들을 주축으로 조선 사람들이 일부 섞여 있었고, 지금 이곳은 순전히 한반도 땅의 사람들이 자기네의 땅에서 미군의 포로가 되어 있었다. 국방군 33경비 대대는 미군의 명령에 따라 움직일 뿐 아무 권한도 없었다. 거제도 포로수용소는 이번 전쟁에서 미국의 역할이 무엇이며, 그들이 누구를 적으로 삼고 있는지 여실히 보여 주고 있었다. 김범우는 그 생각을 할 때마다 피가 솟구치는 증오를 느꼈다.

그래, 철조망을 벗어나자. 저것들과의 새로운 싸움을 위해…….
김범우는 주먹을 쥐며 숨을 들이켰다.

30

천점바구의 죽음과 동계 대공세 종료

들녘의 실개울에 얼음이 풀리고 있었다. 한낮이면 햇발도 햇솜 이불처럼 포근했다. 그러나 산속의 밤은 여전히 겨울이었다. 때마침 군 토벌대가 공세를 멈춘 상태라 빨치산들은 밤에 불을 피울 수 있었다. 그러나 농가에 양식이 바닥날 계절이 되어 보투에 어려움이 시작되었다. 앞으로 보리를 거둘 때까지 네댓 달 동안은 식량난에 빠질 수밖에 없었다. 보투는 산에서 가까운 마을부터 시작해 왔으므로 갈수록 멀리 나가야 했다. 산에서 멀어질수록 위험이 커졌지만 굶을 수는 없었다. 당장 먹는 것도 문제지만, 토벌대의 공격에도 대비해야 했다.

"저번에 이레를 쉬고 공격이 들어왔는디, 요번에도 그렇다면 사흘 남었소. 근디 모아 놓은 양식은 한 됫박도 없소. 요런 빈주먹으로 공세를 당허면 옴지락딸싹 못허고 굶어 죽을 판이요. 그려서 허는 말인디, 기왕 멀찍이 나가야 될 판잉께 무등산을 돌아 담양 쪽으로 팍 내질러 보는 것이 어쩌겠소?"

이태식이 대원들을 둘러보았다. 무장 병력 100이 넘던 부대원들은 60여 명으로 줄어 있었다. 그러나 연대가 전멸해 버리거나, 3분의 1로 줄어 버린 것이 예사인 형편에 60여 명은 대단한 일이었다.

"그쪽은 들판이 넓어 개들이 덜 배치되어 있을 것이니 일단 나서는 것이 좋겠구만이라."

조원제는 분석적인 의견을 내놓았다.

"이, 내 생각도 그려서 그쪽으로 가 보잔 것이요."

이태식이 반색을 했다.

더 이상 의견이 없어서 그들은 그쪽을 보투 지역으로 정했다.

이태식 부대는 산자락을 밟으며 강행군을 시작했다. 밤사이에 일을 하려면 왕복길이 빠듯했다. 서너 시간을 줄기차게 걸어 담양 언저리에 이르렀다. 그들은 퇴로 확보가 쉬우면서, 규모가 있는 마을을 하나 골랐다. 먼저 마을로 정찰대를 보냈다.

"치안대도 야경꾼도 없구만이라."

정찰대의 보고였다.

"잉, 부대를 둘로 갈라 한 부대는 경비를 보고, 한 부대는 보투를 허겄소. 보투는 한 집에 두 사람씩 배치허고, 경비 서는 대원들이 짊어질 것도 챙기도록 허씨요."

이태식이 신속하게 명령했다.

부대가 반으로 나눠지고, 행동이 개시되었다. 둘씩 짝을 지은 그들은 큰 집부터 골라 담을 넘었다. 조원제도 문간채가 딸린 집의 토담을 넘었다. 지붕에 기와를 얹지 않아서 그렇지 안채는 꽤나 컸다. 쌀가마니깨나 쌓아 놓고 사는 살림임을 금방 알 수 있었다.

조원제는 발끝으로 걸어 토방에 이르렀다. 댓돌에는 흰 고무신 한 켤레와 운동화 한 켤레가 놓여 있었다. 조원제는 운동화를 참 오랜만에 본다고 생각했다. 그때 불쑥 손이 내밀리더니 운동화를 집었다. 그리고 운동화가 눈앞으로 쑥 다가들었다. 조원제가 고개를 돌렸다. 옆의 장 동무가 운동화를 빨리 집어넣으라고 손짓했다. 조원제는 똑같은 손짓을 상대방에게 해 보였다. 그러자 그는 운동화를 조원제의 바지 주머니에 쑤셔 넣었다. 그리고 자기는 고무신을 얼른 집더니 양쪽 바지 주머니에 한 짝씩 쑤셔 넣었다. 조원제는 가슴이 찡 울렸다. 상대방이라고 운동화가 탐나지 않을 리 없었다. 그런데 그는 서슴없이 양보했다. 문화부 중대장에 대한 대접일 것이었다. 조원제는 장문태가 빈농 출신이라는 것을 떠올렸다. 자신은 학교 다니면서 얼마든지 신어 본 운동화였다. 그는 이따가 운동화를 고무신과 바꾸리라고 작정했다.

조원제는 마루로 성큼 올라서서 총 끝으로 방문을 툭툭 쳤다.

"누, 누구여!"

방 안에서 울린 남자의 놀란 소리였다.

"소리 내지 말고 싸게 문 열어. 밤손님잉께."

조원제의 나지막한 대꾸였다.

"아이고메……." 곧 숨이 막히는 듯한 소리가 들려왔고 "워메 어쩔끄나!" 하는 여자의 목소리도 울렸다. 곧 방문이 열리고 두 사람이 마루로 허둥지둥 나왔다.

"옛소, 열쇠, 여기!"

어둠 속에 쇠 부딪치는 소리가 울렸다.

"장 동무, 가서 쌀가마니 끌어내씨요."

조원제는 열쇠 꾸러미를 장문태에게 넘겼다.

"자네는 싸게 밥상 챙겨."

남자가 여자한테 말했다.

"무슨 밥상을 챙겨라?"

"아 이 양반들 요런 행차를 혔는디 저녁밥이나 먹었겄어."

남자는 나이 든 값을 하느라고 제법 여유를 보였다.

"어쩌제라? 먹다 남긴 식은 밥뿐인디라."

"급헌디 뜨신 밥 새로 허겠능가. 고것이라도 싸게 챙겨 오소."

"잉, 알겠소."

여자가 허둥거리며 마루를 내려섰다.

"보씨요, 광에 있는 곡식 다 가져가도 좋은께 해코지는 허지 마씨요."

남자가 조원제 앞에 두 손을 모았다.

"누가 해코지헌답디여?"

조원제는 퉁명스럽게 말했다.

"이, 고맙고 고마우요."

남자가 허리를 굽신거렸다.

"지도원 동지, 다 되았구만이라. 근디 광에 쌀가마니가 칠팔 개나 되는디, 아까워서 어쩌제라?"

장문태가 토방으로 올라서며 말했다.

"이 사람들도 먹고살아야 허지 않겠소?"

조원제는 기왕 가져가지 못하는 것 말이나 후하게 해 두자고 생각했다.

"어쩔께라, 밥을 딱딱 긁어도 한 그릇밖에 안 되는디."

부엌에서 상을 가지고 나오며 여자가 볼멘소리를 했다.

"집구석, 살림 사는 것허고는!" 남자는 벌컥 내쏘고는 "시장허실 것인디 요것이라도 싸게 드시제라." 하며 목소리를 바꾸어 말했다.

"와따메, 요 김치 냄새!"

장문태의 입에서 터져 나온 소리였다. 조원제도 확 풍겨 오는 김치 냄새를 맡았고, 그 순간 이빨 사이사이로 군침이 지르르 흘렀다. 너무나 오랜만에 맡는 김치 냄새였다.

"장 동무, 시간이 없소. 밥은 싸 들고, 김치는 입에다 몰아넣고 뜹시다."

조원제가 말했다.

"그러제라."

장문태는 주머니에서 보자기를 꺼내 밥그릇을 엎었다. 보자기를 묶어 혁대에 찬 다음 김치 그릇을 집었다.

"드시제라."

장문태는 입 안에 고인 침을 꿀떡 삼키며 조원제 앞으로 그릇을 내밀었다. 조원제는 두 손가락으로 김치를 집어 입에 몰아넣었다. 장문태도 거침없이 손가락으로 김치를 집어 입에 넣고 으석으석 씹기 시작했다. 조원제는 김치 맛에 취해 눈이 저절로 사르르 감겼다. 소금이 유일한 반찬인 산 생활에서 그들에게 김치만큼 그리운 반찬도 없었다.

조원제와 장문태는 두 번째로 볼이 미어지도록 김치를 입에 몰아넣고 그릇을 비웠다. 두 사람은 김치를 씹으며 토방을 내려섰다. 조원제는 고맙다는 인사를 하려 했지만 입에 가득 찬 김치 때문에 말을 꺼낼 수 없었다.

두 사람은 광 앞에서 쌀이 가득 찬 배낭을 하나씩 짊어지고 대문을 나섰다. 그때였다.

"나가그라, 썩 나가! 우리 집서 줄 것 아무것도 없다. 당장 나가라니께!"

뒤에서 들려온 외침이었다. 두 사람은 반사적으로 몸을 돌렸다. 그러나 조원제는 그 외침의 뜻을 바로 깨달았다.

"저 잡것을 팡 쏴 뿔께라?"

장문태가 성급하게 말했다.

"저건 우리를 해코지헐라는 소리가 아니요. 경찰이 조사 나올 때를 생각혀서 우리헌테 준 것이 없다고 옆집에 미리 광고허는 것이요."

조원제가 빠르게 설명했다.

"고것이 그리 되는게라?"

두 사람은 쌀 무게에 눌리며 고샅의 어둠을 헤쳤다.

군 토벌대의 제4차 작전이 시작되었다. 4차 공세를 맞는 빨치산들의 기세는 3차 때와 달랐다. 1월의 혹한에 비해 2월의 추위는 그들에게 별다른 위협이 아니었다. 추위의 속박에서 어느 정도 풀려난 그들은 그만큼 기동력을 발휘하며 토벌대에 대응했다.

그러나 추위보다 가혹한 복병이 있었다. '보아라 부대'와 '사찰 빨치산'이었다. 그 두 복병은 모두 투항한 빨치산들로 이루어져 있었다. '보아라 부대'는 남원군 전투사령부에 소속되어 지리산 토벌대의 길잡이 노릇을 했고, '사찰 빨치산'들은 각 경찰서의 사찰계에 소속되어 지역 토벌대의 앞장을 섰다. 그들은 목숨과 지난날의 산 생활을 맞바꾼 자들이었다. 그들은 빨치산의 퇴로를 미리 차단하게 하거나 매복을 치게 했고, 비상선을 기습하게 하거나 접선 장소를 포위하게 했고, 환자트나 비트를 손가락질해서 공격하게 만들었다. 이 뜻밖의 사태로 빨치산들이 입은 피해는 엄청났다.

이해룡 부대가 '보아라 부대'의 배신행위를 파악한 것은 환자트가 거의 공격을 당한 뒤였다.

"어디서나 소수의 배신자는 있게 마련이오. 우리가 그자들에게 보복하는 길은 우리가 모든 것을 새롭게 바꾸어 그자들을 아무 쓸모없게 만드는 방법뿐이오."

김범준 소장의 침착한 말이었다.

그래서 첫 번째 대두된 의견이 다른 골짜기로 이동하자는 것이었다. 그러나 지리가 익숙하지 못해 더 큰 피해를 입을 위험이 있어 취소되었다. 두 번째 의견은 지역을 지키면서 투쟁 방법을 모두 바꾸는 것이었다. 그 의견이 채택되어 선요원의 비밀 루트와 접선 장소가 바뀌었고, 부대의 이동선과 비상선도 바뀌었다. 그러자니 그들의 고생은 갑절로 커졌다.

"사내새끼들이 해 먹을 짓거리가 없어서 동지들 죽이는 짓거리를 혀. 오살 육시를 혀서 죽일 놈들!"

"짐승만도 못헌 고것들 잡히기만 허면 하루에 한 치씩 포를 떠서 지 놈들이 지은 죄를 뼛속까지 알게 혀야 써!"

그들은 모여 앉으면 으레 이렇듯 분노했다.

비행기는 날마다 삐라를 뿌렸고, 귀순 권고 방송도 계속되었다. 그 방송에서 '보아라 부대'에 대한 선전도 나왔다. 주저하지 말고 귀순해 보아라 부대원들처럼 자유 대한의 품에 안겨 승공 전선의 일꾼으로서 충성을 다하고 새 인생을 설계하라는 내용이었다. 빨치산들은 그런 방송을 하는 비행기를 향해 총을 갈기는가 하면, 욕을 퍼붓기도 했다.

어스름이 내리는 속에서 하대치 부대는 토벌대 2개 소대에 쫓기고 있었다. 포위를 뚫고 다음 산으로 붙으려는데 갑자기 나타난 다른 부대의 공격을 받고 뒤로 밀리다 보니 산밭이 있는 야산 사이에 놓이게 되었다. 토벌대를 따돌리지 못한 채 쫓기기만 하다가는 포위당할 위험이 컸다. 그런 궁지에 몰리기 전에 무슨 방법을 써야 했다. 이쪽이 51명이니까 토벌대 2개 소대하고는 한바탕 맞붙어 결판을 낼 수도 있었다. 그러나 하대치는 승산 있는 싸움을 벌일 만한 지형지물을 찾지 못하고 있었다.

하대치는 부대원들을 이끌고 야산 굽이를 돌았다. 그때 그의
눈이 커졌다.

"이, 되았어!"

초가집 두 채와 그 뒤로 펼쳐진 대밭이 눈에 들어왔다.

"동무들, 저 대밭에서 한바탕 혀야겄소. 대밭쌈이야 개들이 우
릴 당헐 수 없응께로. 맘들 단단히 먹으씨요."

하대치가 기운차게 외쳤다. 그 목소리가 나흘을 굶은 사람이라
고 할 수 없었다.

하대치 부대는 이제 쫓기는 쪽이 아니라 유인하는 쪽이 되어
있었다. 밭두렁에 의지한 그들은 토벌대를 향해 총을 쏘기 시작
했다. 토벌대의 자동소총도 숨 가쁘게 총소리를 토했고, 그것을
엄호 삼아 진격해 왔다. 토벌대는 병력과 화력의 우세를 믿는 탓
에 언제나 공격이 적극적이었다.

하대치 부대는 대밭 쪽으로 조금씩 뒷걸음질 쳤다. 그들이 물
러설수록 토벌대는 더 적극적으로 공격해 왔다.

"동무들, 대밭으로 들어가씨요!"

마침내 하대치가 명령했고, 빨치산들은 삽시간에 대밭으로 자
취를 감추었다.

그들은 발밑을 보며 대밭 중간까지 이동했다. 대밭을 제멋대로
걷다가는 대를 쳐 내고 남은 밑동에 발바닥을 찔리기 십상이었

다. 그 끝이 날카로워서 한번 찔렸다 하면 발바닥이 찢어지는 상처를 냈다. 그래서 밤에 대밭에 들어가는 것은 금물이었고, 도둑놈도 대밭으로는 쫓지 않는 법이었다.

그들은 땅바닥에 엎드려 총을 겨누었다. 대밭에서 벌이는 총격전은 양쪽 모두에게 어려운 일이었다. 우선 대가 무질서하게 서있어서 낮에도 시야의 방해가 심했다. 거기다가 동그란 대나무에 부딪친 총알들은 제멋대로 방향을 바꾸어 버렸다. 흔한 일은 아니지만, 어떤 총알은 대나무를 빙그르르 감고 돌아 쏜 쪽으로 되날아오는 경우도 있어 재수 없으면 자기가 쏜 총알에 자기가 맞아 죽을 수도 있었다. 그래서 대나무밭에서 싸울 때는 땅바닥에 바짝 엎드려 총을 약간 높게 쏴야 했다. 서서 움직이다가는 어떤 총알에 맞아 죽을지 모를 일이었다.

토벌대가 총을 난사하며 대밭으로 밀려들기 시작했다.

"사겨억 개시!"

하대치가 명령했다.

대밭에 총소리가 진동했다. 총알에 맞은 대나무는 비명 비슷한 소리를 내며 떨었다. 그리고 몸을 낮추지 않은 토벌대 쪽에서 비명들이 울렸다.

빨치산들이 쉴 새 없이 총을 갈기는 가운데 강동기와 천점바구는 각기 열 명의 대원들을 데리고 왼쪽과 오른쪽으로 빠졌다.

좌우협공을 할 계획이었다.

천점바구는 빈 초가집을 등지고 토벌대에게 사격을 시작했다. 그 반대편에서는 강동기가 공격했다. 삼면 공격을 받아 곤경에 빠진 토벌대 쪽에서 비명과 아우성이 뒤엉켰다.

"포위다! 후퇴, 후퇴!"

이런 외침도 터졌다.

토벌대는 자동소총을 난사하면서 후퇴했다.

"가서 몇이나 죽었는지 조사허고, 무기고 먹을 것이고 챙겨 보씨요."

하대치가 대원들에게 지시했다.

토벌대 사망자는 열여섯이었다. 대원들이 모아 온 전리품에는 건빵이며 담배며 캐러멜이 있었다.

하대치는 출발에 앞서 인원 점검을 했다. 그런데 2대대장의 모습이 보이지 않았다.

"싸게 유 동지를 찾으씨요, 유 동지!"

하대치는 가슴이 덜컥 내려앉으며 서둘렀다.

2대대장은 머리에 관통상을 입은 채 대밭에 죽어 있었다. 하대치는 그를 붙들고 한동안 멍하니 앉아 있었다. 그는 특이한 경력의 구빨치였다. 제주도 4·3투쟁에 나섰다가 체포되어 재판을 받고, 목포형무소에서 복역하다가 1949년 9월 대탈출 사건 때 검거를 피해 입산한 몇 사람 중 하나였다. 그동안 온갖 고난을 무릅쓰며 투쟁해 온 그가 싸움 같지도 않은 싸움에서 죽었다는 것이 하대치를 괴롭게 했다. 그는 해방되면 제주도로 자리회를 먹으러 가자고 말하고는 했었다.

하대치는 가슴에 구멍이 뻥 뚫린 듯한 상실감을 안은 채 2대대장을 선임해야 했다. 아까운 사람은 가도 싸움은 계속해야 했으므로 자리를 비워 둘 수 없었다. 그는 천점바구와 강동기를 놓고 밤새껏 고심했다. 천점바구는 강동기보다 나이가 어리고, 강동기는 천점바구보다 투쟁 경력이 모자랐다. 통솔력과 투쟁력은 어슷비슷했다. 마음을 정한 하대치는 아침 일찍 연락병을 지구 사령부로 보냈고, 사령부에서는 하대치의 생각대로 결정을 내렸다. 하대치는 곧 대원들을 집합시켰다.

"동무들, 지금부터 당이 결정헌 2대대장을 발표허겄소. 2대대장에 천점바구 동무, 천점바구 동무가 맡었던 중대장은 외서댁 동무로 결정되았소."

"워메! 저것이 무슨 소리다냐!"

느닷없는 발표에 놀란 외서댁의 입에서 터져 나온 소리였다.

"조용히 허씨요. 발표 다 안 끝났응께." 하대치가 냉엄하게 말하고는 "당의 결정을 모든 대원들은 박수로 환영허고, 새로 임명된 간부들을 중심으로 더 합심혀서 해방 투쟁에 나서기를 바라겄소."라며 박수를 치기 시작했다.

대원들도 박수를 쳤고, 천점바구와 외서댁의 거칠고 마른 얼굴에 밝은 웃음이 피어났다. 하대치는 천점바구와 강동기를 놓고 고심한 끝에 결국 투쟁 경력 우선의 원칙을 따랐던 것이다.

"나 같은 놈헌티 과만헌 자리제라."

천점바구가 못내 쑥스러워하며 대원들에게 밝힌 소감이었다. 그러나 그는 속으로 외쳤다. 염상진 대장님, 지가 대대장이 되았구만이라. 앞으로 더 열렬히 투쟁혀서 지도 기어이 대장님맹키로 될라능마요.

"내가 출세헐라는 것이 아니었는디, 우리 남편 체면 안 깎았응께 다행이구만요."

외서댁이 눈물을 찍어 내며 한 말이었다.

"축하해요, 외서댁 동무. 두 분이 이렇게 된 게 정말 너무 기뻐요."

김혜자는 외서댁을 붙들고 좋아 어쩔 줄 몰라 했다. 외서댁은 그런 김혜자를 바라보며 고개를 끄덕였다. 천점바구를 붙들고 좋아하고 싶은 그 마음을 헤아린 것이었다.

보름이 넘도록 군 작전은 끝날 줄 몰랐다. 보름이면 공격이 끝나리라는 예상이 빗나가자 빨치산들은 당황했다. 굶으면서 싸우느라 기진맥진해진 그들은 작전이 보름을 넘기자 심리적으로도 지쳐 갔다.

천점바구 대대는 기습당한 사령부를 구하기 위해 토벌대의 측면을 쳤다. 그러다 보니 산중턱에서 토벌대와 정면으로 맞붙게 되었다. 토벌대는 천점바구네보다 세 배 이상 많았다. 천점바구 대대는 사령부가 위기에서 벗어날 때까지 싸워야 하는 결사대 임무를 띠고 있었다. 그의 대대에 유리한 한 가지는 너덜겅이 있는 비탈의 윗부분에 위치해 있다는 것이었다.

토벌대는 수적인 우세를 이용해서 밀고 올라왔다. 천점바구는 대원들에게 바위를 몇 개씩 앞에 쌓아 방어벽을 치게 했다. 토벌대는 바위에 몸을 감춰 가며 맹렬하게 총을 쏘았다. 천점바구네 대원들도 마구 총을 갈겼다. 천점바구는 토벌대의 우회 공격을 경계했다. 앞장섰던 토벌대 서너 명이 비명을 지르며 고꾸라졌다. 토벌대 쪽에서 먼저 총소리가 멎었다. 천점바구도 사격을 중지시켰다. 총소리가 멎자 산에는 갑자기 적막이 밀려들었다.

"동무들, 쪼깐만 더 견디씨요. 곧 연락병이 오면 뒷등성이를 빨딱 넘어갈 것잉께."

천점바구는 대원들에게 일부러 웃어 보이며 말했다.

토벌대가 다시 사격을 시작했다. 천점바구도 사격 명령을 내렸다. 총소리가 요란하게 뒤엉켰다.

"대대장 동무, 저기 보씨요. 몇 놈이 기어 올라오고 있소!"

외서댁이 소리쳤다.

토벌대 대여섯 명이 납작 엎드려 기어오르고 있었다. 천점바구
는 그들이 수류탄 공격을 하기 위한 돌격대라는 것을 알아챘다.
정신없이 사격을 하는 것도 그들을 엄호하기 위한 것임을 알 수
있었다.

"동무들, 동무들 앞에 쌓인 바위 덩이들을 밑으로 굴리씨요!"

대원들은 천점바구의 명령에 사격을 중지하고 바위를 굴리기
시작했다. 수십 개의 크고 작은 바위들이 너덜겅을 구르며 서로
부딪쳐 튕겨 오르고, 깨지며 처박히기도 하면서 삽시간에 바위
사태가 일어났다.

토벌대 쪽에서 사격이 뚝 그치며 비명과 아우성이 요란했다.

그때였다. 오른쪽에서 갑자기 총소리가 터졌다.

"기습이다!"

천점바구가 외치며 총을 들었다. 토벌대 이삼십 명이 총을 갈기
며 몰려오고 있었다. 그러나 거기에 대응해 전열을 바꿀 여유가
없었다. 전열을 바꾸다가는 전멸할 것 같았다.

"후퇴, 후퇴! 왼쪽으로 후퇴!"

천점바구의 외침에 대원들이 허둥지둥 너덜겅 위를 뛰기 시작
했다. 총알이 바위에 부딪쳤다.

"으왁!"

대원 하나가 비명을 토하며 곤두박였다.

"동무, 이 동무!"

천점바구가 달려가 그 대원을 붙들어 일으켰다. 그리고 서너 발짝 옮기다가 푹 고꾸라졌다.

"안 돼요, 천 동무!"

여자가 부르짖으며 천점바구에게 내달았다. 그리고 천점바구를 일으키고는 꼭 남자들이 하듯 상대방을 양쪽 어깨에 걸쳤다. 여전히 총알은 빗발치고 있었다. 천점바구를 어깨에 걸친 그 여자는 비척거리며 너덜경을 벗어나고 있었다. 너덜경을 다 벗어나 몇 걸음 옮길 때였다.

"엄니이—."

그 여자는 날카로운 비명을 지르며 천점바구와 함께 무너졌다.

"저것이 누구 소리여!"

그들보다 먼저 너덜경을 벗어나 뛰고 있던 외서댁이 홱 돌아섰다.

"아니, 저것이, 저것이!"

천점바구와 김혜자가 쓰러져 있는 것을 발견한 외서댁의 눈이 뒤집혀졌다. 그녀는 그쪽으로 뛰려고 했다.

"안 돼요. 외서댁 동무도 죽소!"

뒤따라오던 대원이 외서댁의 팔을 낚아챘다.

"요것 놓으씨요!"

외서댁이 팔을 뿌리쳤다.

"대장들이 다 죽어 뿔면 우리는 어쩔 것이요!"

그 대원이 소리쳤다. 외서댁은 자신이 중대장이라는 사실을 퍼뜩 떠올렸다. 이미 토벌대는 너덜겅 위를 밟기 시작하고 있었다. 외서댁은 돌아설 수밖에 없었다.

"뛰씨요, 싸게 뛰씨요!"

외서댁은 울음 섞인 소리로 외치며 뛰기 시작했다.

"천 동무……. 천점바구 동무……."

김혜자는 간신히 천점바구를 부르며 팔을 뻗쳤다. 가슴팍에서는 피가 철철 흘렀다.

"김 동무, 그냥, 그냥 가제……."

배가 피범벅인 천점바구도 김혜자 쪽으로 기며 팔을 뻗쳤다. 두 사람의 손이 겨우겨우 맞잡혔다.

"천 동무……."

김혜자의 일그러진 얼굴에 웃음이 피어나는 듯싶었다.

"김 동무……."

천점바구도 약간 웃는 것 같더니 김혜자의 손을 잡은 팔이 부르르 떨렸다. 서로가 처음 잡은 손이었다.

"인공 만세에……."

천점바구의 입에서 가늘게 흘러나온 소리였다. 그리고 머리가 땅바닥으로 푹 떨어졌다. 김혜자는 천점바구를 향해 눈을 번히 뜬 채 숨이 끊어졌다.

외서댁은 하대치에게 천점바구의 죽음을 보고했다.

"뭐, 뭣이라고, 천 동무가!"

하대치는 눈을 부릅뜨며 부르짖었다. 그리고 어깨가 축 처지며 멍한 얼굴이 되었다. 그 얼굴이 점점 굳어지면서 핏기가 가셨다. 그러더니 눈 가장자리가 파르르 떨리고, 콧날이 씰룩거리고, 입술이 부들부들 떨렸다. 그의 눈에 눈물이 가득 찼다. 그가 돌아섰고, 넓고 두꺼운 어깨가 들먹거리기 시작했다. 대원들은 그의 뒷모습을 보며 모두 눈시울을 적셨다.

이틀 뒤에 군 토벌대의 작전이 끝났다. 2월이 다 가고 있었다.

하대치는 외서댁을 앞세우고 천점바구가 죽은 장소를 찾아갔다. 안창민과 이지숙, 강동기도 그들을 따라나섰다. 그리고 부대원들이 뒤를 따랐다.

손을 맞잡은 천점바구와 김혜자의 시체는 너덜경 옆에 그대로 있었다. 두 남녀의 그 예사롭지 않은 모습에 반응을 나타낸 건 이지숙이었다.

"두 동무가 좋아하는 사이였나요?"

이지숙은 외서댁에게 낮고 빠르게 물었다.

"그랬제라. 이승서 못 이룬 뜻 저승으로 가면서 이룬 셈이구만요."

외서댁의 목이 메었다. 이지숙은 눈물을 찍어 냈다.

대원들이 시체 옆에서 몇 걸음 떨어진 큰 소나무 아래 구덩이
를 팠다. 두 사람의 맞잡은 손은 구덩이로 옮길 때도, 구덩이 안

에 눕혀지면서도 풀어지지 않았다.

　구덩이에 흙이 채워지는 동안 안창민은 준비해 온 한지에 붓글씨를 썼다.

　　　천점바구
　　　　　　두 동지의 묘
　　　김 혜 자

　그 비문을 소나무의 껍질을 벗기고, 그 속살을 깎아 낸 자리에 붙였다. 속살을 깎아 낸 자리에는 송진이 내배 있어서 한지가 풀칠을 한 것처럼 찰싹 달라붙었다. 한지의 먹물은 소나무에 스며들 테고, 한번 스며든 먹물은 사람 몸에 문신을 한 것과 마찬가지로 소나무와 그 수명을 함께할 것이었다.

　평평한 묘 위에 판판한 돌을 골라다가 놓았다. 이지숙이 진달래가지를 꺾어다가 돌 위에 올려놓았다. 그 가지에 열릴락 말락한 꽃망울이 몇 개 달려 있었다.

　100일에 걸친 군 토벌대의 동계 공세 동안 전남북과 경남, 그리고 지리산에서 1만 8천여 명의 빨치산이 죽어 갔다.

31

1952년 5·15 결정

겨울 석 달 동안 이어진 국방군의 대공세가 끝나자 모든 빨치산 지역은 적막에 싸였다. 그들은 그동안의 피해와 투쟁 결과를 정리했다. 엄청난 병력의 손실이 있었고, 조직의 재편이 불가피했다. 그리고 병력 확보를 위한 초모 사업도 절실했다. 그러나 휴전 협정이 시작된 이후로 보투 협조도 잘 이루어지지 않는데, 목숨을 걸어야 하는 초모 사업이 잘될 리 없었다.

그런 문제점과 함께 그동안 최악의 상태에서 최선을 다해 투쟁했다는 결론을 내렸다. 그 결론에 따라 헌신적 투쟁으로 빛나는 성과를 올린 전사들을 찾았다. 전남도당에서는 전사의 최고 영예인 '영웅'이 두 사람 탄생했다. 백아산 지구의 이태식과 조계산 지구의 하대치였다.

"다 대원들이 헌 일이제 내가 헌 일이 있간디……."

하대치가 감격스러움을 감추며 한 말이었다.

"죽은 동무들헌테 면목 없는 일이구만. 싸게 해방이 돼야제."

대원들의 축하 속에서 이태식이 시무룩하게 한 말이었다.

'투쟁 영웅'은 대단한 영예이면서, 우대도 뒤따랐다. 개인 앞으로 조직의 여러 신문이 다 배달되고, 모든 공식 문건이 따로 전달되었다. 영웅을 하나의 단위 부대와 똑같은 비중으로 대접하는 것이었다. 인민 해방이 된 뒤의 대우도 미리 밝혀져 있었다. 평생 동안 의·식·주를 당이 해결해 주고, 비행기를 제외한 모든 교통편도 일생 동안 무료였다.

조원제 중대는 땅거미를 밟으며 산자락을 타고 있었다. 그들은 밀기울에 보리싹을 섞어 찐 개떡을 한 덩이씩 아침으로 먹었을 뿐이었다. 저녁밥을 먹을 기약도 없었다.

"저기 마을이 있네!"

앞에서 걷던 대원의 반가움 넘치는 소리였다. 그 들뜬 소리에 배고픔이 숨김없이 드러났다.

"잉, 딱허니 우릴 기다리고 있구마."

"한바탕 털어 먹을 만혀, 어쩌?"

뒤에서 걷고 있던 대원들이 다투어 입을 열었다.

조원제는 사람의 마음이 참 묘하다고 생각했다. 추위 속에서 열흘씩 굶으면서 싸운 대원들이 이제는 하루 이틀 굶고서도 배고픔을 그대로 드러냈다.

조원제는 열 채가 못 되는 초가집을 내려다보며 마음이 무거웠다. 배고픈 대원들의 기대를 문화부 중대장이라고 해서 일방적으로 묵살할 수는 없었다.

"지도원 동지, 어째야 쓸랑게라?"

대원들의 눈치를 살피며 중대장이 난처한 얼굴로 물었다.

산자락 끝을 살짝 깔고 앉은 초가집들은 서로를 벗하며 옹기종기 모여 있었다. 네댓 집 처마 밑으로는 푸르스름한 저녁연기가 퍼지고 있었다. 고샅에는 아이들이 팔딱거리며 뛰어노는 콩알만 한 모습과 그 아이들 옆을 지나쳐 가는 어른들이 보였다. 그지없이 아늑하고 그윽한 저녁풍경이었다. 조원제는 그 눈에 익은 정취에 곧 눈물이라도 날 것 같은 심정이었다. 어디선가 자신을 부르는 어머니의 목소리가 들려오는 듯했다. 어찌 내 심정만 이러랴. 사전에 계획하지 않은 즉흥적인 보투는 원칙 위반이지만 사기를 위해 원칙을 잠시 비켜설 수밖에 없었다.

"좋소, 보투를 허고 갑시다."

조원제는 중대장을 보며 고개를 끄덕였다.

정찰대는 마을에 적정이 없다는 신호를 보내왔고, 그들 중대는 마을 고샅으로 빨려들었다. 아이들이 쭈뼛거리다가 제각기 자기네 집으로 달아났고, 이 집 저 집에서 어른들이 황급히 사립 밖으로 나섰다. 남자보다는 여자가 많았고, 네댓 명의 남자들은 모두들 나이가 들어 있었다.

"어여 오시씨요, 애들 쓰시제라."

"얼마나들 고생이시요. 어여 오시게라."

남녀 가리지 않고 마을 사람들은 인사하기 바빴다.

"안녕허시요. 춘궁에 살기 어렵제라?"

조원제는 웃으며 인사를 받았다. 그러나 그들의 친절을 다 믿지는 않았다. 그들이 토벌대에게도 똑같은 태도를 취한다는 것쯤은 알고 있었다. 그렇다고 그들을 간사하다고 생각하지는 않았다. 그들은 두 세력의 틈바구니에서 당연히 그럴 수밖에 없었다. 다만 그들이 마음 밑바닥에 숨기고 있는 진심이 중요했다. 그 진심이 이쪽을 지지하게 하는 것, 그 또한 하나의 투쟁임을 조원제는 잊지 않았다.

"동무, 담배 있소, 담배?"

"영감 동무, 담배부터 내놓으씨요."

한 남자에게 대원들 두셋이 달라붙어 주머니를 뒤졌다. 담배 대신 나뭇잎을 말아 피운 그들이 보투 때면 으레 벌이는 웃지 못할 풍경이었다.

"어허허……. 이 사람들아, 아무리 담배를 굶었어도 늙은이 나 이대접은 혀 줘야 쓸 것 아니드라고?"

수염이 허연 노인이 주머니 뒤짐을 당하며 헛웃음을 쳤다.

그 장면을 보고 조원제는 울컥 화가 치밀었다. 그 노인의 헛웃음에 싸여 나오는 유순한 듯한 말에는 날카로운 꼬챙이가 들어 있었다. 그 날카로운 꼬챙이에 인민을 위해 투쟁한다는 빨치산의 심장이 꿰뚫리고 있었다. 빨치산이 아니더라도 젊은 사람들이 노인의 주머니를 뒤져 담배를 찾는 꼴은 차마 보기 민망했다. 조원제는 감정을 누르며 고개를 돌렸다.

예상대로 그 마을에 알곡이라고는 하나도 없었다. 밀기울이나 수수 가루에 봄나물을 섞어 묽게 끓인 죽이 고작이었다. 그나마 하루 세 끼를 다 채우지 못하고 점심은 거르는 형편이라고 했다.

그들은 죽을 한 사발씩 이 집, 저 집에 흩어져 얻어먹고 갈 길을 서둘렀다. 마을 사람들은 보자기에 싼 작은 덩어리들을 내놓았다. 죽을 쒀 먹을 수 있는 곡식 가루였다.

"인민 여러분, 우리는 죽 한 사발씩 대접받은 것도 고맙게 생각합니다. 그것은 내놓지 말고 아그들 먹여 살리씨요. 배 터지게 먹고 사는 부자 놈들 쌀을 뺏어다가, 여러분헌테 나눠 드리는 것이 우리 헐 일인디, 밤낮으로 싸우느라 그리 못허는 것 이해허시씨요. 우리가 시방 목숨 걸고 싸우는 것은 누구나 차등 없이 사는 세상을 맹글자는 것잉께, 여러분은 맘속으로 그날이 오기를 기다리면서 당장 살기 어려워도 견뎌 주시씨요. 이만 우리는 뜨겠소."

조원제는 힘 넘치는 소리로 말했고, 그를 바라보는 마을 사람들의 메마른 얼굴들이 사뭇 밝아졌다. 그는 짧은 말로 정치지도원의 임무를 빈틈없이 해냈다.

마을을 벗어난 중대는 산으로 파고들었다. 조원제는 담배 문제를 골똘히 생각했다. 그전부터 좋지 않게 생각하던 문제였는데, 오늘 보니 그냥 덮고 지나갈 문제가 아니라는 생각이 들었다. 인민을 위해 싸우는 해방 전사가 주머니를 뒤지는 불한당 같은 짓을 한다는 것은 용납할 수 없었다. 그까짓 담배가 뭔데! 그러나 조원제에게는 담배를 피우지 않는다는 결정적인 약점이 있었다. 담배를 피우지 않으면서 중대원에게 담배 끊자고 제안했을 때 과연 얼마나 설득력이 있겠는가. 설득이 아니라 문화부 중대장의 강압 조치로 받아들여졌을 때, 그 후유증을 생각하지 않을 수 없었다. 그렇다고 계속 그런 행위를 묵인할 수도 없었다. 그건 문화부 중대장으로서 직무 유기이고, 해당 행위였다. 다른 부대는 몰라도 자신의 중대에서만은 더 이상 그런 행위를 용납할 수 없었다.

"중대장 동무, 긴급 사항이 있소. 어디 담배 피울 만헌 데를 골

166

랐으면 쓰겄소."

조원제는 마침내 중대장에게 말을 꺼냈다.

"그러제라."

중대장이 대답하며 어둠살이 퍼지는 산줄기를 둘러보았다.

그들 중대는 앞이 산으로 막힌 골짜기로 파고들었다. 보초를
세우고 중대원들은 둘러앉았다.

"담배들 태우씨요."

조원제가 말했다.

중대원들이 부지런히 담배를 말았다. 조원제는 그들이 담배를
말아 피우기를 기다렸다. 부싯돌 불빛이 튕기기 시작하고, 담뱃불
이 빠알갛게 피어났다.

"동무들, 우리가 모여 앉은 것은 휴식을 취허자는 것이 아니고,
자기비판 토론을 통해서 중대헌 문제를 결정허자는 것이오. 내가
지도원으로서 먼저 비판헐 것잉께 동무들은 민주주의 원칙에 입
각혀서 허심탄회허게 반대 토론에 나서 주기 바라겄소."

조원제는 말을 멈추고 대원들을 둘러보았다.

"내가 비판허고자 허는 것은 보투 때 마을에 들어가면 대원들
이 담배를 구허느라 인민들 주머니를 뒤지는 행위에 대해서요.
오늘도 동무들은 그 행위를 혔소. 동무들이야 오래 담배를 굶었
응께 그런다고 혀도, 주머니를 털리는 사람들 기분이 어쩌겄소?

술은 어른 앞에서 먹어도 담배는 어른 앞에서 못 피우게 되어 있소. 근디 동무들은 어른이고 노인네고 안 가리고 주머니를 뒤진다 그것이요. 어른들이 젊은것들헌테 그 꼴을 당허면 기분이 어쩌겄소? 우리 빨치산은 인민 해방을 위해 싸우는 인민의 전사라고 선전허고 있소. 그런디 그 꼴을 당헌 어른들은 속으로 뭐라고 허겄소. 인민의 전사? 위아래도 모르는 불쌍것들이 인민 해방을 혀! 가당찮다! 요러크름 욕 안 허겄소. 양식도 아닌 그까짓 담배 때문에 욕먹고 인심을 잃어서야 되겄소. 고것은 우리만 욕먹고 끝나는 것이 아니라 당을 욕먹이는 짓이요. 그리고 빨치산 투쟁에서 담배는 백해무익이요. 담뱃불로 위치가 발각되고, 담배 냄새로 공격을 당허고, 위험스런 일이 얼마나 많소. 내가 이리 말허면, 담배를 안 피웅께 그러는 것이라고 헐지도 모르겄는디, 내가 딱 한 가지만 묻겄소. 밥은 굶으면 틀림없이 죽소. 담배를 끊으면 죽소, 안 죽소? 답은 동무들이 잘 알 것이요. 긍께로 당을 위허고, 우리 투쟁을 위허고, 인민을 위혀서 우리 중대원은 담배를 끊자고 제안허는 바이요. 동무들은 내 제안에 대해 기탄없이 반대 토론을 혀 주기 바라겄소.”

조원제는 자리에 앉았다.

목에 걸린 끄음 소리만 가끔 들릴 뿐 입을 여는 사람은 없었다.

“싸게 반대 토론들 허씨요. 반대 의견 없으면 내 제안이 만장일치로 결정되는 것잉께."

조원제는 침묵이 곧 결정이라는 사실을 일깨웠다. 그래도 침묵
은 계속되었다.

"반대 의견 없으면 결정 내리겠소. 마지막으로 반대 의견 있으
면 싸게 발언허씨요."

그래도 말하는 대원은 없었다.

"좋소. 위대한 당의 이름으로 우리 중대는 오늘부로 전 대원이
담배를 끊을 것을 만장일치로 결정허는 바이요. 본 결정은 당에
보고될 것이며, 본 결정을 위반허는 대원은 당규에 따라 처벌될
것이요. 본 결정을 공박수로 접수허기 바라겠소."

조원제의 말을 따라 중대원들은 손바닥을 서로 엇갈려 소리 나
지 않게 박수를 쳤다.

조원제네 중대원이 모두 담배를 끊었다는 소문이 다른 부대로
퍼져 나갔다. 그건 나이 어린 문화부 중대장 조원제의 이름을 또
한 번 상기시키는 계기가 되었다.

"참말로, 아무도 못 당헐 일이여. 내가 영웅 자리 넘겨줘야 헐
판인디?"

이태식이 조원제를 보며 고개를 설레설레 저었다.

5월로 접어들면서 조계산 지구에 경사가 생겼다. 지구 정치위

원 안창민과 여맹 위원장 이지숙의 결혼이 그것이었다. 동지들 사이의 이성 관계는 철저히 금지해 온 터라 두 사람의 결혼은 너무나 뜻밖이었다.

도당 위원장 박영발은 전사들이 서로 사랑하는 경우 그들의 결혼을 인정하기로 방침을 바꾸었다. 그렇다고 그들이 함께 사는 것은 아니었다. 결혼 첫날밤을 보낸 뒤에는 부부가 부대 소속을 달리해야 했다.

외서댁은 산꽃을 따면서 천점바구와 김혜자를 생각했다. 지기랄, 죽더라도 쪼깐 더 있다가 죽지. 요런 좋은 법이 생겼구마. 김혜자가 살았다면 얼마나 좋아라 혔으까이. 그리도 천점바구 각시 되기를 바랐는디. 여학교까지 댕긴 김혜자가 천점바구를 그리 좋아헌 것도 다 팔자여. 음마, 이리 말허면 안 되겠제? 학벌로 사람을 저울질허는 것이야 반동들 세상에서나 써먹는 것이제. 김혜자가 천점바구를 좋아헌 것이야 사람이 사람을 좋아헌 것이제. 니나 나나 차등 없이 동무로 사는 세상에서나 볼 수 있는 기막힌 일이제. 백정 아들허고 족보 내세우는 집안 딸허고…… 김혜자가 그 총알 퍼붓는 너덜경 위를 천점바구 들쳐 메고 뛰었으니…… 여자 맘이란 그리 기막힌 것이여. 같이 죽자는 맘이었겄제. 죽으면서 기어이 서로 손잡고 죽었으니 김혜자가 원풀이를 헌 것이제. 근디!

외서댁의 마음에 증오심이 파르르 곤두섰다. 개잡놈들, 무슨 철천지원수를 졌다고 그 소나무를 잘라 부렀을 것이여. 징헌 놈들, 송장까지 안 파내기 다행이제.

얼마 전 외서댁은 중대원을 이끌고 천점바구가 묻혀 있는 근방을 지나다가 일부러 그곳을 찾아갔다. 그런데 비목으로 쓴 소나무가 잘려 있었다. 토벌대의 소행이었다. 외서댁은 끓어오르는 분노를 삼키며 그대로 발길을 돌릴 수밖에 없었다. 그러나 속상하게 만들고 싶지 않아 하대치에게는 그 말을 하지 않았다. 그러면서 그녀는, 하대치도 알고 있으면서 그 말을 꺼내지 않는 것인지도 모른다고 생각했다.

외서댁은 산꽃을 한 아름 딴 후 허리를 폈다. 그만하면 풍성한 꽃다발이 될 만했다. 이지숙이 들 꽃다발이었다.

결혼식은 널찍한 평지가 있는 골짜기에서 열렸다. 대원 200여 명이 모였고, 총사에서 사령관 김선우와 부사령 염상진이 참석했다. 안창민과 이지숙은 진달래꽃에 에워싸여 나란히 서 있었다. 대원들이 진달래꽃을 꺾어다가 꽃밭을 만들어 놓았던 것이다. 안창민은 평소 차림 그대로였고, 이지숙은 흰 저고리에 검정 치마를 입고 꽃다발을 한 아름 들고 있었다. 머리는 풀고, 얼굴에는 분가루가 살포시 발라져 있었다.

"저리 차리고 섰응께 여맹 위원장 동지가 영판 이뻐 뿌요이."

"금메, 빨치산 냄새가 하나도 안 나요."

"시방 맘이 어쩔께라?"

"아, 날아갈 것맨치 좋겄제라. 좋아허는 사람헌테 시집을 가는디."

여자 대원들의 말이었다.

"지금부터 안창민 동지와 이지숙 동지의 결혼식을 거행하겠습니다. 주례는 총사 사령관 동지께서 맡아 주시겠습니다."

정치위원의 말에 염상진과 나란히 앉아 있던 김선우가 두 사람 앞으로 나섰다.

"당의 규정에 따라 안창민 동지와 이지숙 동지는 이 결혼식을 통하여 부부가 되었음을 당과 전사 여러분이 확인하고 보증하는 바이올시다."

김선우의 짤막한 결혼 성립 선언이었다.

"다음은 총사 부사령 동지께서 축사를 해 주시겠습니다."

염상진이 두 사람 앞에 섰다.

"안창민 동지와 이지숙 동지가 당의 규정에 따른 첫 부부로 탄생한 것을 기쁘게 생각합니다. 제가 여기서 두 동지의 투쟁 경력을 일일이 말하지는 않겠습니다. 다만 두 동지의 뜨거운 혁명적 열정이 바로 사랑의 열정이라는 점은 밝혀 두고자 합니다. 두 동지는 투쟁하는 전사로 만났고, 함께 투쟁하면서 서로 사랑하게 되었고, 투쟁 속에서 부부가 되었으며, 앞으로도 부부 전사로서

더욱 힘차게 투쟁해 나갈 것입니다. 오늘과 같은 자랑스러운 모습을 보여 준 두 동지를 존경하며, 결혼을 끝없이 축하드립니다. 대원 여러분도 두 동지의 결합을 아낌없이 축하해 주시기 바랍니다. 다시 한 번 진심으로 축하드립니다."

염상진이 자리로 돌아갔다.

"마지막 순서로, 신랑과 신부가 대원 여러분께 인사를 드리겠습니다. 신랑 신부 뒤로 돌아서 주십시오."

안창민과 이지숙이 돌아섰다.

"와아아—."

"우우—."

기쁨의 소리가 터져 나왔고 두 사람은 깊이 고개 숙였다.

앞에 선 대원들이 다투어 진달래 꽃가지를 집어 안창민과 이지숙을 둘러싸고 가지를 흔들거나 꽃을 따서 던졌다. 두 사람은 진달래 꽃보라에 파묻혔고, 힘찬 박수 소리가 골짜기를 울렸다. 외서댁은 대원들 속에 섞여 부지런히 꽃을 따 던지면서, 복 받고 사씨요. 오래오래 복 받고 사씨요. 이런 말을 되뇌며 눈시울이 젖고 있었다.

안창민과 이지숙은 광목 천막 안에서 첫날밤을 맞았다.

"결혼이 실감나시나요?"

이지숙이 어둠 속에서 물었다.

"잘 모르겠소. 이 동무는?"

안창민의 목소리가 어느 때 없이 어눌했다.

"솔직하게 말하자면, 전 너무나 좋아요. 날마다 결혼하고 싶었으니까요."

부끄러움을 어둠에 감춘 이지숙은 이렇게 속삭였다.

"보잘 것도 없는 나를……."

"저는 뭐 보잘 게 있나요? 참, 공적으로야 물론 '동무'지만, 단둘이 있을 때 그렇게 부를 수는 없잖아요?"

"'동무'라는 호칭은 오늘 밤이 마지막이라는 것 잊었소? 앞으로는 '여보·당신'을 써야 하오."

"아……. 깜빡 잊고 있었어요."

두 사람은 한동안 말이 없었다.

"……언제 떠나야 하나요?"

"내일 바로요."

또 두 사람의 말이 끊어졌다. 산중의 밤 정적이 그들의 숨소리까지 가려내고 있었다.

"성공할까요?"

"……우리 하기에 달린 것 아니겠소."

"여길 뜨는 것도 비밀이겠지요?"

"아마 탈주로 역선전되기 쉬울 거요."

"그게 비밀에 부치는 것보다 우리가 더 보호받을 수 있는 방법 이겠군요. 일단 조사를 받고 풀려나면 결혼식을 다시 올려요. 그럼 위장이 완전해지잖아요."

"아, 그거 좋은 생각이오."

안창민과 이지숙은 다음 날 부대에서 자취를 감추었다.

'산속의 당원 열 명보다 인민 속의 당원 한 명이 낫다.' 전남도당의 '1952년 5·15 결정'이었다.

32

제5지구당 결성

전남도당이 내린 '5·15 결정'은 그보다 앞서 이루어진 '제5지구당' 결성에 따른 것이었다.

1952년 4월 30일 지리산 빗점골에서는 '제5지구당' 결성을 위한 조직위원회 회의가 열렸다. 이해룡은 그 회의에 참석하는 박영발과 김범준을 호위하게 되었다. 박영발은 조직위원이었고 김범준은 박 위원장의 요청에 따라 객원으로 참석하는 것이었다.

조직위원 이현상·박영발·방준표·김삼홍·김선우·조병하·박찬봉으로 이루어진 회의는 처음부터 순조롭지 못했다. 지난해 1951년 8월 31일에 중앙당 정치위원회에서 의결한 '94호 결정서' 때문이었다.

전쟁이 1년 넘게 지났으나 빨치산 투쟁은 결정적 성과를 쟁취하지 못했으며 대중을 조직해 폭동을 일으키지 못했고 인민군 공격이 있었음에도 국방군 내부에 '의거 운동'을 일으키지 못했다. 이는 당의 정치 노선과 정책은 옳았으나 남조선 단체들이 잘못해서 그런 것이다. 앞으로 당사업 강화를 위해 행정 지역에 따른 조직을 해체하고, 5개 지역을 설정, 모든 당사업을 지도토록 한다.

이것이 '미해방지구에서의 우리 당 사업과 조직에 대하여'라는 제목이 붙은 '94호 결정서' 내용이었다. 그리고 다섯 개의 지구당 관할 구역이 적혀 있었다.

제1지구 서울 경기도 전역
제2지구 울진군을 제외한 남부 강원도 지역
제3지구 논산군을 제외한 충청남북도 전역
제4지구 경상북도와 울진군 및 낙동강 동쪽의 경남 지역
제5지구 전남북 전역과 경남 낙동강 이서 지역 및 논산군과 제주도 지역

94호 결정서는 첫째 당의 기본 정책 변화, 둘째 전쟁 수행 책임의 규정, 셋째 도당의 해체와 제5지구당 결성이라는 세 가지 중대

한 사항을 담고 있었다. 이 세 가지 문제는 회의가 시작되자마자 격론을 불러일으켰다.

이현상은 결정서를 그대로 접수하자는 입장이었고, 박영발과 방준표는 '94호 결정서'가 당의 기본 원칙에 왜 어긋나는지 논리적으로 따졌다. 그 결과 전남·북도당 위원장 두 사람은 '중앙당의 지령이 정식 문건이 아니며, 도당을 해체하라는 것은 중앙당이 남조선의 실정을 모르고 한 결정'이라는 결론을 내렸다.

휴전회담에 따라 당이 정책을 재수립하는데, 당의 기본조직인 각 도당의 의사가 배제된 그 결정서는 '정식 문건이 아니'라는 것이 두 사람의 생각이었다. '도당 해체' 역시 그 부당성이 지적되었다. 어떤 경우에도 당은 그 기본조직을 지키는 것이 기본 원칙인데, 그 기본 원칙을 위배하는 도당 해체는 있을 수 없으며, 또한 남조선은 이미 도당 활동마저 곤경에 빠져 있는 실정인데, 도당보다 규모가 큰 지구당 결성은 더 큰 곤경에 빠뜨리는 '현지 실정을 모르는' 결정이라는 것이었다.

이렇게 되면 첫 번째와 세 번째 문제만 논의되고 두 번째 문제는 빠진 것처럼 보였다. 그러나 그것은 이미 첫 번째 논의에 포함된 문제였다.

그래서 나온 결론이 '도당을 그대로 둔 채 제5지구당을 결성한다.'는 절충안이었다. 그에 따라 탄생한 '제5지구당'의 위원장은 이현상, 부위원장 박영발, 그리고 조직부·유격 지도부·기요과·연락과·경리과·신문사 등의 조직을 갖추게 되었다.

발언권 없이 회의를 지켜본 김범준은 마음이 무거웠다. 휴전협정을 할 수밖에 없는 상황에서 그런 결정서를 채택한 중앙당 수뇌부의 고통스러움을 충분히 감지할 수 있었고, 당의 기본 원칙을 고수하는 두 도당 위원장의 심정도 충분히 이해할 수 있었다. 김범준은 두 도당 위원장이 두 번째 문제를 따로 거론하지 않았다는 것을 떠올렸다. '남조선 단체들이 잘못해서 그런 것이다.' 이 결정적인 '전쟁 수행의 책임 규정'에 대해 두 도당 위원장은 얼마든지 반발할 수 있었다. 그런데 그들은 그 문제에 대해서는 아무런 이의도 제기하지 않았다.

그들의 그런 태도에서 김범준은 공산당원으로서의 그들의 면모를 보고 있었다. 휴전회담을 할 수밖에 없는 상황에서 당이 인민들 앞에 처하게 된 곤궁한 입장을 그들이 충분히 이해하고 있다는 뜻이었다. 인민들 앞에서 당은 책임을 '선택적으로 결정'했고, 그들은 그 '선택된 책임'을 말없이 짊어지고자 한 것이 분명했다.

돌아오는 길에 임걸령에서 다리쉼을 하고 있는데, 이해룡이 김범준 옆으로 다가왔다.

"소장 동지, 특별한 일 없으시면 저희 피아골 비트에서 며칠 묵으시지요."

"무슨 일 있으시오?"

김범준은 이해룡을 이윽히 보았다.

"어제 회의에 대해 여쭤 볼 게 많습니다."

김범준은 이해룡의 젊은 눈에 야릇한 빛이 스치는 것을 보면서 고개를 끄덕였다.

비트로 돌아온 뒤에 이해룡이 말을 꺼냈다.

"소장 동지, 회의 내용에 대해 들었습니다. 그런데 중간 간부들은 회의 내용보다는 결정서 내용에 훨씬 관심이 많습니다. 동지께서는 결정서 내용을 어떻게 생각하십니까?"

이해룡은 벌써 불만스러움을 감춤 없이 드러내고 있었다.

"그래, 중간 간부들이 결정서 내용 중에 무엇에 관심이 많고, 그 반응은 어땠는지 궁금하군요."

김범준은 일부러 넌지시 물었다.

"그야 더 말할 것 없이, 전쟁이 이렇게 된 모든 책임이 남조선 단체들한테 있다는 결론입니다. 그 엉뚱한 결정에 중간 간부들은 다 반발했습니다. 우리는 그동안 몇 년을 더 이상 비참해질 수 없을 정도의 악조건 속에서 싸워 왔습니다. 그런데 그 공을 알아주지는 못할망정 이제 와서 전쟁이 잘못된 책임을 우리한테 다 뒤집어씌우다니, 이게 말이 되는 소립니까!"

이해룡의 감정에는 불이 붙었다.

"이 동지, 그 심정 잘 알고 있소. 그러나 차분하게 생각하지 않으면 우리가 방향을 잃게 돼요."

김범준은 그윽한 눈길로 이해룡을 바라보았다.

"예, 흥분하지 않으려 해도 그 생각만 하면 억울하고 분해서 뜻대로 되질 않습니다."

"허나 흥분한다고 해서 분이 풀리는 건 아니오. 억울하고 분하지 않으려면 논리적으로 그 책임이 없다는 걸 입증해야 하지 않겠소?"

"예, 전쟁이 이 모양이 된 결정적 원인은 미국 놈들이 개입한 데 있고, 그 중대한 문제를 파악하는 건 마땅히 중앙당의 책임 아래 이루어져야 할 일 아닙니까. 그런데 미국 놈들은 사흘 만에 치고 들어왔고, 그놈들에게 맞서 싸우느라고 수많은 전사와 인민들이 죽어 가도 도당은 속수무책이었습니다. 그 시기에 당에서 급하게 대처한 일이 남조선에서 의용군을 뽑는 것이었습니다. 그런데 그게 전부 자원이 아니고 강제성도 띠어 인심을 많이 잃었고, 반공 세력을 많이 만들었습니다. 그건 누가 저지른 과오입니까. 그런데도 결정서에는 그 책임에 대한 언급은 한마디도 없이 '당 정치 노선과 정책은 옳았다.'고 되어 있습니다. 세상에 이런 법이 어디 있습니까."

"이 동지, 동지의 지적은 타당성이 있기는 하지만, 좀 감정을 누르시오."

김범준은 그 날카로운 지적에 상급 간부로서 입장이 거북했다.

"소장 동지, 저는 지금 당을 이유 없이 비난하는 것이 아닙니다. 해방전쟁을 이렇게 만든 책임이 남조선 단체들한테 있다는 납득하기 어려운 결정에 대해 당원 자격으로 정당한 반대 이유를 제시하고 있는 겁니다. 그리고 지난 1950년 9월 인민군이 후퇴할 때 중앙당은 모든 도당의 조직과 간부들에게 후퇴하라고 지령했습니다. 그런데 지령이 늦어 퇴로가 막혔고, 도당은 후퇴를 중단하고 입산했습니다. 그때 모든 구빨치는 전에 활동하던 야산을 중심으로 빨치산 조직을 신속하게 구축했습니다. 중앙당의 지시 없이 자발적으로 이루어진 일이었습니다. 그 빨치산들은 그동안 피나는 투쟁으로 당이 요구하는 제2전선을 구축해 왔습니다. 그러면서 육칠만 명이 죽었습니다. 그런데도 남조선 단체들이 잘못한 것입니까?"

이해룡이 입을 꾹 다물었다. 그리고 눈자위가 붉어지면서 흉터로 팬 왼쪽 볼을 푸들푸들 떨었다.

김범준은 이해룡의 그런 모습을 차마 바라볼 수가 없었다. 그의 눈물이 가슴을 무겁게 적셔 왔다.

김범준은 고급 간부와 중간 간부의 차이를 실감하지 않을 수 없었다. 도당 위원장들은 문제 삼지 않은 '책임'을 중간 간부인 이해룡은 집중적으로 문제 삼고 있었다. 그건 역시 당원으로서의 차원과 인식의 높낮이에서 비롯되는 어쩔 수 없는 차이였다. 그 차이를 어떻게 극복시켜 이해룡의 의식을 고급 간부의 차원으로 끌어올릴지 김범준으로서는 난감하기만 했다.

"이 동지의 지적은 내 생각에도 타당하고, 당도 타당성을 인정하리라 믿소. 그런데 내가 말하고 싶은 것은, 이 동지가 지적한 그런 중요한 문제점은 중앙당에서 이미 오래전에 제기되고, 비판되었을 거라는 점이오. 그리고 이번 결정서는 그런 문제점과는 다른 차원에서 채택되었다는 점도 말해 두고 싶소. 이 동지는 당연히 이해할 수 없는 점이 있을 텐데, 그건 내가 차츰 설명할 테니 나한테 숙제로 맡겨 주는 게 어떻겠소?"

김범준은 이해룡을 찬찬히 보았다.

"예에……"

이해룡은 미심쩍은 얼굴로 대답을 흐렸다.

"이 동지, 당은 당원이나 전사들을 억울하게 만들지 않소. 그 점은 앞으로 충분히 이해되도록 설명하겠소."

"알겠습니다. 그러나 기왕 말이 나온 김에 중앙당이 지시한 새 투쟁 방안에 대해서도 한마디 했으면 합니다."

"그러시오. 어디 들어 봅시다."

"지금 우리는 최악의 상태에 빠져 있습니다. 입산 초기에 비해 우리 병력은 이삼십 분의 일로 줄었고, 반대로 적들의 조직은 어마어마하게 강화되었습니다. 그뿐 아니라 지난 동계 공세로 탈주자들이 많이 생겨 '보아라 부대'나 '사찰 빨치산'이 생겨났고, 그 반동 새끼들은 산에 있는 사람들의 이름과 동네를 다 까발려서 경찰에서 명단까지 작성하고 있는 실정입니다. 이런 형편에 지하 세포망을 구축하려고 조직원이 하산한들 발 디딜 틈이 있겠습니까. 그 결정서가 작년 9월에 바로 도착했으면 몰라도, 그 지시는 이미 시효가 지나 버린 겁니다."

"정확한 판단이오. 그래서 수정된 회의 결과가 나온 것 아니겠소. 그만하면 이 동지의 의견을 충분히 개진한 것 같소."

김범준은 이야기를 마무리 짓고자 했다.

"괜히 말을 많이 했습니다."

이해룡이 고개를 숙여 보였다.

빗점골 회의에서는 '제5지구당' 결성과 함께 두 가지를 결의했다. 첫째는 당사업에 주력하기 위해 당세 확장과 세포망의 강화를 꾀한다는 것이고, 둘째는 유격전의 효과를 높이기 위해 부대를 소조로 편성하여 분산 투쟁을 전개한다는 것이었다. 그 결의에 따라 전남도당의 '5·15 결정'이 나왔고, 그 실행을 위해 안창민과 이지숙이 위장 귀순을 결행하게 된 것이었다.

조원제는 부대 개편을 계기로 1대대 지도원 겸 연대 부정치위원이 되었다. 그 결정에 조원제는 물론이고 주위의 대원들도 다 놀랐다. 어린 나이에 비해 직책이 너무 높았던 것이다.

정치지도원 후보자는 모두 넷이었는데 세 사람은 조원제보다 나이가 열 살쯤 위였다. 그리고 모두 나름으로 요건을 갖추고 있었다. 그런데 당은 뜻밖에도 조원제를 연대 부정치위원으로 뽑았다.

당은 그 선정 이유를 공개했다.

첫째, 재귀열로 수많은 대원들이 희생될 때 단 한 명의 부대원도 희생시키지 않았다.

둘째, 문화부 중대장으로서 전 부대원의 문맹 퇴치를 이룸으로써 당사업의 하나를 시범적으로 달성시켰다.

셋째, 전 부대원이 민주적으로 금연을 결의케 함으로써 문화부 중대장의 소임을 다하였다.

넷째, 당 활동을 통해 어떠한 처벌도 받은 바 없다.

당은 정치지도원을 뽑은 기준이 투쟁 경력과 공적 중심이었음을 밝혔다.

33

현실 투쟁에서 역사 투쟁으로

"하, 그 무식한 놈이 처가 돈으로 유지 행세하는 것도 눈꼴신데, 이제 새 사업을 하겠다고 설레발을 치고 있으니 기가 찰 노릇이오. 잘못하다가는 금융조합도 먹겠다고 덤빌지 모르겠소."

세무서장 최익도는 낚싯바늘을 금융조합장 유주상 면전에 던졌다.

"그 불한당 놈이 감히 어찌 금융조합을 넘보겠소. 금융조합은 엄연히 계통과 체계가 있는 단첸데. 그놈은 아주 쫄딱 망해야 해요."

유주상이 발끈하며 낚싯바늘을 덥석 물자 최익도는 속으로 환성을 질렀다.

"내 말은 그놈이 유 조합장님 자리를 차지한다는 뜻이 아니오. 금융조합이라는 데가 돈 많이 맡긴 사람이 큰소리치게 되어 있는데, 그놈이 딴마음 먹고 자꾸 저금하면 유 조합장님 입장이 어떻게 되겠냐 그거지요."

최익도는 낚싯대를 잡아채고 있었다.

"그런 놈 돈은 절대 받지 않아요!"

유주상은 부르르 떨며 소리 질렀다.

최익도는 너무나 쉽게 목적을 이루어 싱겁기까지 했다. 유주상의 기분이 저 정도이니 그놈한테 조합 돈을 빌려줄 리 없었다.

"그놈이 설쳐 대는 것을 원치 않는다면 나보다 최 서장님이 책임질 일이 많습니다."

유주상이 신경질적으로 말했다.

"아니, 내 책임이라니요?"

최익도는 그 갑작스러운 말에 놀라 의자에서 등을 뗐다.

"그놈이 무슨 사업을 시작하려는지 모르지만, 그놈이 갖고 있는 솥 공장이나 정미소를 족치는 방법을 모르지는 않겠지요? 자고로 세무서에서 맘먹고 뒤 파헤쳐서 해 먹어지는 사업 있던가요?"

유주상은 직사포를 쏘았다.

"아하, 그렇지요. 손에 칼을 들고도 써먹을 생각을 못하다니."

최익도는 정말 그 생각까지는 못하고 있었다.

유주상은 좋아하는 최익도를 보며, 힘들이지 않고 복수하게 된 것을 통쾌해했다. 네놈이 내 논을 떼먹고 성할 줄 알았더냐. 유주상은 염상구 놈이 망해 뻘 바닥에 거꾸로 처박히는 꼴을 벌써 보고 있었다.

세무서장 최익도는 농지개혁 때 온갖 방법으로 논을 빼돌렸지만 피해를 전혀 안 볼 수는 없었다. 세상 돌아가는 눈치에 한발 늦는 바람에 손해를 본 게 그는 속 쓰렸다. 그 손해를 복구하려면 앞으로 남들보다 두 발 먼저 가야 한다는 게 그의 다짐이었다. 그래서 눈에 불을 켜고 포착한 게 후생사업과 제재소였다. 후생사업은 그 열기가 막 일기 시작한 유망 업종이었다. 전쟁으로 불타고 부서진 건물과 집이 수없이 많았고, 그것들을 새로 짓고 고치자면 목재는 끝없이 필요했다. 공비 토벌이라는 명목만 붙이면 벌채 허가 없이도 군·경 토벌대장의 직권으로 나무를 마음대로 벨 수 있었다. 군·경 토벌대장과 손만 잡으면 그들의 트럭으로 나무를 실어 낼 수 있고, 제재소 경영은 땅 짚고 헤엄치기였다. 최익도가 후생사업에 돈을 걸고, 뒤따라 제재소를 사들이려 하다 보니 앞을 가로막는 물건이 바로 염상구였다. 그래서 그는 염상구의 돈줄을 막으려고 유주상을 찾아왔고, 이야기를 나누다가 돈줄을 막는 것뿐만 아니라 염상구를 칠 또 다른 방법까지 알게 되었던 것이다.

한편 염상구는 제재소 주인과 남원장에 자리를 잡고 앉아 있었다.

"우리 아그들만 아니면 솥 공장이 제재소보다 비싼디 내가 뭐 허러 맞바꾸자고 허겠소. 전쟁이 끝나면 청년단은 당연히 할 일이 없어질 것이고, 허면 그 아그들 다 어쩔 것이오? 주먹 써서 먹고살라고 역전이고 차부에 좌악 풀어놔 뿔께라? 그리되면 유지인 내 체면에 똥칠이고, 벌교 바닥서 사업 해 먹는 사람들 애 좀 먹을 것이오? 그러면 서로 안 좋은께 내가 먹여 살려야 쓰겄는디, 고것들을 솥 공장에 처박자 해도 기술이 없고, 정미소에 처박자 해도 기술이 없다 그것이요. 근디 제재소는 기술 없이 기운만 써도 되는 일이 많다 그 말이오. 요것이 나를 위허는 것이 아니고 우리 벌교를 위허는 일잉께 맞바꾸자는 것인디, 이 사장 생각을 톡 까놓고 말해 보씨요."

상대방을 노려보는 염상구의 실눈 가장자리가 사르르 떨리고 있었다.

"말씀이야 좋은디, 내가 솥 공장 쪽은 통 땅띔도 못허다 봉께 맞바꾸기가 어디 그리 쉬운 일이겄소? 쪼깐 더 생각해 봐야제라."

제재소 주인은 느릿하게 말했다.

"이 사장님, 요 이야기 시작헌 지 벌써 한 달이 넘었소. 허고, 일이야 밑엣것들이 다 허는 것이제 사장이 허는 것입디여? 나를 보

씨요. 내가 솥 공장을 아는 것이 뭐가 있소. 그려도 내가 맡으면
서 늘품이 있었으면 있었지 쫄아붙지는 않았소. 질질 끌지 말고
가타부타 이 자리서 딱 짤라 말허씨요. 이 사장이 그리 텁터그리
허게 나오면 내가 제재소를 새로 차려 뿔고 말겄소."

"야아!"

제재소 주인이 눈을 홉뜨며 허리를 곧추세웠다.

"뭘 그리 놀라요. 열흘 안에 제재소 하나 차리기야 식은 죽 먹
기요!"

염상구가 침을 뱉듯이 내쏜 말이었다.

"아이고메, 쪼깐만 참으씨요. 내가 속에 있는 말 다 털어놓겄소."

마음이 다급해진 제재소 주인이 자리를 고쳐 앉았다. 염상구
가 오기를 부리면 제재소를 새로 차릴 수도 있는 일이고, 그렇게
되면 자기 제재소는 똥값이 되고 마는 것이었다. 제재소는 새로
차리기가 너무나 쉬웠다. 염상구 말대로 열흘 안으로야 어려워
도 빈 땅에 둥근 톱날 몇 가지와 기계를 사들이면 차려지는 것
이었다.

"속에 든 말이라니. 싸게 허씨요!"

염상구가 상대방을 노려보았다.

"세무서장이 벌써부터 자기헌테 팔라고 생난리요. 그러니 내가
새중간에 찡겨서 어째야 쓰겄소."

"뭣이라고! 최익도 고런 간나구 새끼가."

염상구가 버럭 소리 지르며 술상을 내리쳤다.

"세무서장도 헌다허는 권센디 내가 어째야 쓰겄소."

제재소 주인은 제재소를 솥 공장과 맞바꿀 때 얼마쯤의 웃돈이라도 받아 낼 속셈으로 세무서장을 팔고 있었다.

"하아, 권세? 내 일에 재 뿌리는 고런 새끼는 가죽을 홀라당 벗겨 뿔 것잉게 나헌테 맡기씨요."

염상구는 험상궂은 얼굴로 소매를 걷어붙였다.

염상구는 눈치 빠르게 제재소 돈벌이가 제철을 만났다는 것을 알아차린 것이었다. 그보다 먼저, 솥 공장 돈벌이가 갈수록 시원찮아질 것임을 알고는 사업을 바꾸려고 살피다 보니 제재소가 걸려들었던 것이다. 솥 공장이 시원찮은 것은 양은솥 때문이었다. 가벼우면서 나무가 적게 드는 양은솥이 쏟아지는 판에 무겁고 나무가 많이 드는 무쇠솥은 밀려날 수밖에 없었다. 염상구는 그런 속사정은 싹 감추고 그럴듯한 말을 앞세워 솥 공장과 제재소를 맞바꾸려 하고 있었다.

6월 8일 판문점에서 휴전회담이 가조인되었다. 그 소식이 빨치산 대원들한테까지 퍼지는 데는 열흘 가까이 걸렸다. 그것은 그들에게 '5·15 결정'에 이어 두 번째 충격이었다.

'산속의 열 명 당원보다는 인민 속의 한 명 당원이 낫다.' 그 결정을 알고 충격을 받지 않은 빨치산은 없었다. 그건 곧 빨치산 투쟁은 더 이상 필요 없다는 뜻이었기 때문이다.

이제 우리는 무엇인가! 이제 우리는 어떻게 해야 하는가!

충격 속에서 누구나 갖게 된 의문이었고, 그다음에 허탈과 절망감이 찾아왔다. 대원들은 굳이 그런 감정을 숨기지 않았다. 그렇다고 탈주자가 생기지는 않았다. 탈주할 만한 사람은 지난겨울 공세 때 거의 다 떠나 버린 탓이었다. 그들은 토론을 통해 자신들의 생각을 모아 당에 알리고자 했고, 당이 무언가 새로운 길을 열어 주기를 바랐다. 그런 욕구 앞에서 부담을 느껴야 하는 건 부대의 정치지도원들이었다. 당에서는 그 결정에 따른 지도 지침을 아직 내리지 않고 있었다.

"동무들, 너무 다급허게 생각허지 마씨요. 당은 동무들 맘을 다 알고 일을 허고 있을 것이요. 내 생각으로는 '5·15 결정'은 빨치산 투쟁을 계속허면서 인민 속에 지하조직도 구축해야 헌다는 것이제 빨치산 투쟁을 아주 끝맺겠다는 뜻은 아닐 것이요. 모두 맘 풀지 말고 강단지게 챙기면서 기다립시다."

조원제는 이런 말로 대원들의 불안감을 없애려 노력했다.

그러던 어느 날, 이발사 출신 대원이 조원제 옆으로 다가왔다.

"지도원 동지, 머리 깎을 때가 지났구만이라."

그의 손에는 가위가 들려 있었다. 그가 총만큼 소중하게 간직하고 다니는 가위였다.

"그리 되았소?"

조원제는 모자를 벗고 머리칼을 만지며 웃었다.

"저리로 앉으씨요."

"이, 고마우요. 날도 더워진께 시원허게 깎아 주씨요."

조원제는 나무 그늘로 가 앉았다. 사각거리는 가위질 소리를 들으며 조원제는 아른아른한 졸음의 물결에 잠겼다가 떴다가 하고 있었다.

"다 되았소."

"와따 시원허다. 고마우요이."

조원제는 졸음에서 깨어나며 인사했다.

"고맙기는이라. 가 볼라요."

그 대원은 가위를 찰칵거리며 씨익 웃어 보였다.

그런데 그 대원은 정말 그날 밤에 가 버리고 말았다. 그러니까 이발을 해 준 것은 그가 남기고 간 마지막 선물이고, 작별 인사였던 것이다. 그냥 떠나기가 마음에 걸렸나……. 조원제는 먼 산을 보며 쓸쓸하게 웃었다. 그러나 그가 가 버린 것에 실망도 배신감도 느끼지 않았다. 어쩌면 너무 오래 견뎠는지도 모른다는 생각이 들었다.

조원제는 그 뒤에 휴전회담 가조인 소식을 들었고, 당의 지도 지침도 받았다.

한편 염상진은 총사 대원들을 모아 놓고 당의 지도 지침을 전달하고 있었다.

"동지 여러분, 지난 '5·15 결정'이 내려진 뒤로 앞날이 걱정되어 투쟁을 제대로 할 수 없었다는 것을 알고 있습니다. 그런데 휴전 협정이 가조인되었다는 소식에 또다시 놀랐을 것입니다. 이런 때 우리가 취할 투쟁 방향에 대해 당의 결정을 여러분께 알리고자 합니다. 당은, 지난 '5·15 결정'이 내려진 날부터 우리의 투쟁이 현실 투쟁에서 역사 투쟁의 단계로 바뀌었음을 분명하게 밝혔습니다. 동지 여러분! 우리의 투쟁은 이제 현실 투쟁이 아니라 역사 투쟁 속에 있습니다. 여러분은 그동안 학습을 열심히 해 왔으므로 현실 투쟁이 무엇인지, 역사 투쟁이 무엇인지 다 아실 것입니다. 현실 투쟁은 인민 해방을 우리가 살아 있는 동안 성취시키는 것이며, 역사 투쟁은 인민 해방을 우리가 목숨을 바쳐 뒷날 역사 속에서 성취시키는 것입니다. 역사 투쟁은 바로 목숨을 바치는 죽음의 투쟁입니다. 우리 앞에 놓인 투쟁은 오직 한 길, 우리보다 먼저 역사 투쟁을 벌이고 죽어 간 수많은 동지들의 뒤를 따르는 것입니다. 여러분, 앞서 죽어 간 그 많은 동지들은 우리의 정의로운 싸움이 역사 속에서 기필코 승리한다는 것을 믿었습니다. 또

한 인민 해방에 바친 자신들의 목숨이 역사 속에서 틀림없이 되살아난다는 것을 믿었습니다. 우리도 그 사실을 철통같이 믿어야 합니다. 역사와의 싸움은 깁니다. 우리는 그 역사의 승자입니다. 우리는 그 역사의 주인입니다. 우리가 흘린 피는 인민 해방의 꽃으로 역사 위에 찬란히 피어날 것입니다. 우리는 그 틀림없는 사실을 믿어야 합니다. 그것만이 우리보다 앞서 죽어 간 수많은 동지들의 죽음에 보답하는 길입니다. 인민 해방의 역사는 우리를 부르고 있습니다. 민족 해방의 역사는 우리를 부르고 있습니다. 이 마당에 어찌 죽음을 두려워하겠습니까. 최후의 순간까지 투쟁하다가 깨끗하게 죽는 것만이 당당한 해방 전사의 모습입니다. 인민들은 여러분의 그 용맹스러운 모습을 똑똑하게 기억하고, 그 정신을 이어받아 투쟁할 것입니다. 그리하여 마침내 인민 해방은 쟁취되고야 맙니다. 그것이 인민 해방의 역사이며, 역사의 발전 법칙이며, 불변하는 역사의 힘인 것입니다. 동지 여러분, 이제 역사 투쟁은 본격적으로 시작되었습니다. 우리는 빨치산으로서 빨치산답게 투쟁할 최후의 기회를 맞이했습니다. 앞으로 남은 것은 오직 하나, 빨치산답게 죽는 것입니다. 동지 여러분, 모든 사람은 목숨이 하나이고, 누구나 한 번은 죽습니다. 여러분은 어떻게 죽기를 원합니까! 착취자들처럼 배부른 돼지 새끼로 죽기를 원합니까! 아니면, 착취자에게 붙어먹는 더러운 개새끼로 죽기를 원합니까! 이것은 물을 것도 없습니다. 여러분은 이미 그런 자들을 적으로 삼고 입산해서 지금까지 온갖 고난을 무릅쓰고 빨치산 투쟁을 전개해 왔기 때문입니다. 그러면 마지막으로 하나, 동지들을 버리고 하산해서 돼지 새끼들과 개새끼들에게 동지를 팔아먹는 더러운 여우 새끼로 죽기를 원합니까. 동지 여러분! 죽음이 두려우면 앞으로 나오십시오! 목숨이 아까우면 당장 앞으로 나오십시오!" 염상진의 불붙은 눈길이 대원들을 보았고, 대원들도 염상진을 응시하고 있었다. "없습니까! 좋습니다, 우리는 이제 죽음을 무릅쓰고 역사 투쟁의 길로 돌진할 각오를 했습니다. 역사 투쟁을 위해 더욱 용맹스럽게 싸울 것을 맹세했습니다. 우리의 각오와 맹세를 당과 인민 앞에 박수로 표시합시다!"

염상진은 그 어느 때보다 굳센 태도로 연설했다. 그리고 우람한 나무처럼 버티고 서서 박수를 치기 시작했다. 대원들도 비장한 얼굴로 박수를 치기 시작했다. 그 격렬한 박수 소리가 골짜기를 울렸다.

'역사 투쟁'을 알리는 강연은 각 지구마다에서 열렸다. 강연 뒤에는 토론회가 벌어졌다.

조원제도 1대대의 토론회를 열었다.

"전사 여러분, 역사 투쟁은 곧 결사 투쟁입니다. 죽음의 투쟁이라는 말이제라. 지금부터 역사 투쟁을 전개허는 것에 대해 토론회를 개최허겄습니다."

첫 번째 대원이 일어섰다.

"역사 투쟁을 전적으로 찬동허요. 우리가 이적지 개들 가슴에 빵꾸 뚫으면서 싸웠는디, 인제 와서 던적스럽게 개들헌테 살려 달라고 손들 수는 없는 일이고, 그런다고 살려 줄 개들도 아니제라. 그렇다고 앞이 첩첩이 막혀 북조선으로 갈 수도 없고라. 근디 나 하나 죽는 것은 암시랑토 않은디, 남은 새끼들이 불쌍허단 생각은 떼치기가 어렵소. 나만이 아니고 새끼 딸린 대원들은 맘이 다 똑같을 것잉께 겸사겸사혀서 헌 발언이요."

두 번째 대원이 일어섰다.

"이, 배 동무 발언이 탱자 까시맹키로 내 가슴을 찌르요. 나도 새끼가 둘 딸린 몸잉께라. 근디 나는 새끼들이야 다 즈그 먹을 것 타고난다는 옛말을 믿고 맘 편허게 죽을 작정이요. 내가 지금까지 스물여섯 해를 살었는디, 그중에서 입산 투쟁허면서 산 3년이 제일 좋은 세상이었소. 니나 나나 차등 없이 동무로 살고, 먹어도 함께 먹고 굶어도 함께 굶으면서 공평허니 살었응께 요것보다 더 재미지고 좋은 세상을 어디 가서 또 살아 보겄소. 한 가지 한이 있다면, 요런 세상을 살어서 못 맹글고 가는 것이제라."

세 번째 대원이 일어났다.

"박 동무 말이 쌈빡허요. 나는 기본출 중에서도 제일 지랄 같은 백정에다, 무식허기로야 낫 놓고 기역 자도 모르는 봉사였제라. 근디 글을 줄줄 읽게 맹글어 준 당의 은혜를 죽을 때까지 안 잊을 것이구만이라. 입산혀서 지금까지 우리 세상을 맹글어 봤응께 나는 언제 죽어도 한이 없구만이라."

네 번째 대원이 일어났다.

"동무들 발언 다 감동적입니다. 지는 중학교를 나와서 지식계급으로 취급됐습니다. 지식계급이라 논게 기본출 대원들에 비해 여러 가지로 괴로움이 많았습니다. 지식계급의 잔재를 청산혀야 허는 의무에다, 똑같은 잘못이나 실수를 혀도 지식계급잉께 더 비판되었고, 지식계급이라 딴 대원들보다 더 열심히 싸울라고 애썼습니다. 그런디도 입당은 또 지식계급이라 쉽지 않았습니다. 그러자 서운헌 맘이 생기고, 내가 왜 투쟁허고 있는가 허는 생각이 들기도 했습니다. 그려도 혁명이나 인민 해방이 꼭 기본출만을 위헌 것이 아니고, 또 기본출만이 혁명과 인민 해방의 주인은 아니다 허는 생각으로 서운함과 불만을 참아 냈습니다. 이제 모두가 죽기로 각오헌 역사 투쟁 앞에서 나는 인제 지식계급이 아닌 자유로운 투사가 된 기쁨을 느낍니다."

발언은 계속 이어졌다.

"나는 총이나 신물 나게 쏴 보고 죽었으면 좋겠소."

"나는 쌀밥을 배 터지게 먹었으면 좋겠소."

"나는 장가를 가고 싶어 죽겠소. 누가 중매 좀 나서씨요."

"나는 공산당에서 똑 한 가지 맘에 안 드는 것이 있소. 나는 죽어서도 귀신으로 원수들을 해코지허고 싶은디, 공산당에서는 귀신 같은 것은 없다고 헌다 그것이요."

토론회는 어느덧 유언 발표회로 변해 있었다.

대원들은 거의가 한마디씩 했다. 그러나 '휴전이 되는데 북쪽에서는 왜 우리에 대한 대책을 세우지 않느냐.'는 식의 발언이나, 당을 원망하는 발언은 나오지 않았다. 조원제는 그런 토론의 결과가 무척 만족스러웠다. 그건 대원들이 빨치산의 근본 임무를 똑바로 알고 있다는 것이고, 자신들이 왜 죽어야 하는지 분명히 알고 있다는 반증이었기 때문이다.

대원들은 전체적으로 비장해진 가운데, 서로 전보다 다정해졌다.

34

감옥살이도 역사 투쟁이다

7월의 폭염 탓인지 토벌대는 거의 움직임이 없었다. 날씨 때문만이 아니라 숲이 짙어져 산속으로 파고들면 자기들에게 불리하다는 것을 아는 까닭일 수도 있었다.

염상진은 안창민과 이지숙이 체포됐다는 보고를 받았다. 위장귀순이 탄로 난 것이다.

염상진은 땅바닥에 무릎을 꿇고 두 손아귀에 풀을 움켜쥐며 부르르 떨었다. 그들에게 못할 일을 시켰다는 죄의식에 가슴을 쥐어짰다. 그가 그토록 절망스러운 것은 두 사람이 체포되었을 뿐만 아니라, 이미 광주로 압송되었다는 소식 때문이었다. 결사대로 구출 작전을 할 기회마저 없어지고 만 것이다.

염상진은 위장 귀순을 반대하는 입장이었다. 적들은 인민들 사이에 조직을 강화해 놓았고, 휴전회담으로 인민들의 태도도 좋지 않았다. 그런 상황에서 위장 귀순으로 지하 세포망을 구축하기란 거의 불가능했다. 두 사람이 산을 내려가 조사를 받고 경찰서에서 나와 다시 결혼식을 올렸다는 소식을 들을 때만 해도 불안하나마 어떤 기대를 걸 수 있었다.

염상진은 그냥 있을 수 없었다. 두 사람이 광주 어디에 갇혀 있는지 알아내야 했고, 손을 쓸 수 있는 데까지 써야 했다. 인민 속의 장기화 투쟁을 시작한 이상 사형을 당하게 둘 수는 없었다.

한편 안창민의 어머니 신씨는 폭염 속을 허덕거리며 안씨 문중 사람들을 찾아다녔다.

"어쩌겄습니껴. 죄가 미워도 목숨은 살려 내야 헐 것 아니겄습니껴."

신씨는 작은 몸을 더 작게 오그리며 그저 머리를 조아렸다.

"어허 참, 숯덩이 되는 부모 맘이야 어찌 모르겄소만, 그 자식이 지은 죄가 어디 예사 죄고 또 어디 쫄짜 빨갱이기나 허요? 염상진이 다음이라는 것은 세상이 다 아는디, 무슨 수로 목숨을 살려 내겠소."

언성을 높이던 남자는 카악 가래를 돋웠다.

"긍께, 살려 내자는 것이 어디 감옥에서 꺼내자는 것이겄습니껴. 감옥살이야 얼마를 허든 죽는 것은 면허게 허자는 것이제라. 듣기는 소문으로 돈을 쓰고 변호사를 사면 목숨은 건진다고 허드만이라. 긍께 어쩌겄습니껴, 그것도 안씨 문중 피인께 어찌 힘들을 좀 모아 주시써요."

신씨의 두 손바닥은 모아져 있었다.

"아, 문중에서 힘을 모으든, 돈을 모으든 헐려면 무슨 이유가 있어야 헐 것 아니겄소. 문중 이름을 빛냈다든가, 문중에 무슨 이익을 줬다든가 허는 것 말이요. 근디 빨갱이질허다가 대역 죄인되어 갖고 문중 이름에 먹칠헌 놈 아니오. 아짐씨 생각혀서 문중이 어찌 혀 볼라고 혀도 그놈의 죄가 워낙 흉악해서 꼼지락 못허게 생겼응께 그리 알고 가씨요."

남자는 찬바람을 일으키며 자리를 차고 일어났다.

신씨의 초췌한 얼굴에 경련이 일어나며 눈에 눈물이 번졌다. 문중 사람들은 다 그런 식이었다.

그렇게 이삼 일을 돌아다닌 신씨는 주저앉고 말았다. 아들을 죽이고 마는구나! 절박함으로 피가 타들었지만 돈을 구할 데라고는 어디에도 없었다. 학생이면 500만 원, 스물다섯 살이 넘었으면 1천만 원, 자리가 좀 높은 경우에는 1,500만 원 정도를 쓰면 풀려난다는 소문이 파다했다. 돈을 구할 길이 없는 신씨는 차라리 자기가 먼저 죽고 싶은 심정이었다.

신씨는 어둠 가득한 마당의 평상에 넋 놓고 앉아서 하늘을 올려다보고 있었다.

"아짐씨, 계신게라."

대문 쪽에서 난 조심스러운 여자 목소리였다.

"누구 왔소?"

신씨가 평상에서 몸을 일으켰다.

"야아, 들몰 가실댁이구만이라."

대문을 들어서는 건 가실댁 혼자가 아니었다. 네 여자가 더 있었다.

"이 밤중에 어쩐 일들이요. 어여 앉으씨요."

신씨는 이상한 느낌을 받으며 평상에 자리를 권했다.

"요번에 당허신 일을 챙기시자면 돈이 목숨이라는디요. 그려서 즈그들이 논을 한 마지기씩 내놓기로 혔구만이라."

가실댁의 조심스러운 말이었다.

"이 사람들아!"

신씨의 입에서 나온 감격 어린 소리였다.

"자네들도 다 남정네 없이 새끼들 데리고 살어야 허는디 어쩔라고……"

마음이 다급하다고 그 제의를 덥석 받아들일 수가 없어 신씨는 이렇게 말했다. 방 서방을 비롯한 옛 소작인들은 모두 입산을 한 처지였다.

"아니구만이라. 공짜로 받은 논인디 내놓는 것이 당연허제라. 다도 아니고 한 마지기씩 내놓는 것잉께 퇴허지 마시고 즈그들 사람 맹글어 주시씨요."

가실댁의 예를 갖춘 말에 신씨는 가슴이 저려 왔다.

"내가 면목 안 서는 일이지만 사정이 워낙 급헌께 고맙게 받겄네. 참말로 고맙네."

신씨가 소매 끝으로 눈물을 찍었다.

"꼼짝 말엇!"

방문이 박살 나며 구둣발들이 뛰어들었다.

"어!"

조원제와 또 한 사람이 숟가락을 내동댕이치며 총으로 손을 뻗치려는 순간 눈앞에 총구멍이 들이닥쳤다.

"꼼짝 말고 손들엇!"

경찰이 조원제 옆에 놓인 총을 구둣발로 찼다. 총은 방구석으로 쭈르륵 밀려갔다.

속았구나, 허방인디! 조원제의 머리를 친 생각이었다. 그는 입에 밥을 가득 물고 있었다.

"싸게 손들어!"

다른 경찰이 조원제 옆 사람의 총을 걷어차며 소리쳤다.

조원제와 옆 사람의 눈이 마주쳤다. 두 사람은 천천히 팔을 들었다. 조원제는 선요원도 속았다는 것을 직감했다.

"싸게싸게 일어낫!"

조원제를 겨누고 있는 경찰이 총구를 휘둘렀다.

두 사람은 팔을 든 채 몸을 일으켰다. 몸을 반쯤 일으키던 조원제가 뒤로 홱 돌아서 뒷벽의 선반에 놓인 수류탄으로 손을 뻗었다. 그때 뒤에서 개머리판이 그의 어깻죽지를 내려쳤다.

"억!"

비명과 함께 조원제의 입에서 밥 덩이가 떨어졌다. 그 순간 그의 머리에 번쩍 떠오르는 말이 있었다. '산속의 열 명 당원보다는 인민 속의 한 명의 당원이 낫다!' 그 소리는 자폭해야 한다는 생각에 찬물을 끼얹었다.

"개지랄 치지 말고 싸게 밖으로 나갓!"

경찰이 총 끝으로 조원제의 등을 떠밀었다.

"개자식이 박쥐였구마……."

허탈한 선요원의 중얼거림을 들으며 조원제는 마루로 나섰다. 마당의 햇빛 속에 총을 겨눈 경찰들이 가득했다. 조원제는 두 팔을 올린 채 제재소 안채를 벗어나 밖으로 나왔다. 큰길과 함께 사람들이 많이 보이자 자기도 모르게 고개가 떨구어졌다. 니가 무슨 죄를 졌냐! 당당히 고개를 들어라! 조원제는 스스로에게 외쳤다. 이를 맞물고 턱을 끌어당긴 조원제는 고개를 빳빳이 세웠다.

부대를 떠나올 때 대원들에게는 무슨 중요한 물건을 구하러 가는 것으로 해 두었다. 그러나 자신의 임무는 '5·15 결정' 수행과 '8·4투쟁'이었다. '8·4투쟁'은 8월 5일에 실시될 정·부통령 선거에 대한 교란 및 저지 투쟁이었다. 그런데 일을 시작도 못해 보고 침투하자마자 잡힌 것이다.

"저 앞선 사람은 영판 젊네이."

"그렁마, 인제 스물이나 됐을랑가?"

"못 먹어서 그렇제 인물이 좋구마. 인물값 허느라 저리 당당허까?"

사람들의 눈길이 두 사람에게 쏠린 가운데, 길가의 여자들이 수군거리는 말이었다.

조원제는 화순에서 가장 번화한 길을 두 팔을 들고 걸으며 누군가가 자신을 알아보기를 바랐다. 자신이 잡혔다는 사실이 집에 알려져야 했다.

경찰서 직전에서 조원제는 한 사람과 눈이 마주쳤다. 그의 가슴에 확 전등불이 켜졌다. 그 남자는 문중의 아저씨뻘이었다. 양복 차림의 그 남자는 당황하며 얼굴을 돌렸다.

"죽으나 사나 약을 구허러 나왔다고만 허씨요."

유치장에 갇히면서 조원제는 선요원에게 빠르게 속삭였다.

밤이 늦어도, 다음 날도 집에서는 아무도 찾아오지 않았다. 조원제는 그때서야 문중 아저씨의 외면이 눈치 빠른 행동이 아니라 진짜 외면임을 깨달았다. 자기에게 무슨 불똥이라도 튈까 봐 집에 알려 주지도 않은 것이다.

점심 무렵, 조원제는 조사를 받으러 유치장을 나와 사무실로 들어갔다. 그런데 누가 알은체를 했다.

"아니, 너 조, 조원제 맞제?"

그 건장한 사내는 학생 때부터 잡혀 다니면서 낯이 익은 박 형사였다. 그는 턱없이 반가워했지만 조원제는 오히려 앞이 막히는 듯했다.

"원제 니가 이적지 살어 있었구나."

박 형사는 신기하다는 듯 말하고는 의자를 끌어다가 마주 앉았다.

"니 잡힌지 집에서 아나?"

박 형사가 소리 낮춰 물었다. 조원제는 고개를 저었다.

"알겠다, 내가 알려 주제." 박 형사는 짧게 말하고는 "야 이 재앙 궂은 놈아, 쪼깐헌 놈이 공부나 헐 일이제 니까짓 것이 공산주의를 뭘 안다고 입산꺼지 혀서 요 꼬라지냐." 하고 큰 소리로 말하며 일어섰다.

조원제는 예상치 못한 호의에 그만 어리둥절해졌다. 자신의 과거까지 환히 알고 있는 박 형사와 맞닥뜨리는 순간 이제 죽었구나 하는 심정이었던 것이다.

아버지는 해 질 녘에 찾아왔다. 박 형사는 아버지와 단둘이 만날 수 있는 자리까지 만들어 주었다.

"고맙다. 이리 살어서 왔응께."

아버지의 첫마디였다. 조원제는 무슨 말을 해야 좋을지 몰라 고개를 수그렸다. 언제나 어렵기만 한 아버지였다.

"어디 아픈 데 없냐?"

"예, 엄니허고 식구들은……."

"다 괜찮다. 원제야, 인제 모든 대결 투쟁은 끝났다. 앞으로는 세월에 의지혀야 헌다."

조원제는 고개를 들었다. 아버지의 의미 깊은 눈이 자신을 보고 있었다. 자신의 사회주의 의식의 바탕은 아버지로부터 비롯되었다. 일제시대부터 조직원이던 아버지가 인공 때 당의 간부 조직에 포함되지 않았던 것은 '비밀 당원'으로 옛날의 선이 다 끊어진 데다, 공무원으로서 직책이 너무 높았기 때문이었다.

"알고 있구만요."

조원제는 아버지를 보며 대답했다. 아버지가 문득 긴장하는 것 같았다.

"허면 역사 속의 투쟁을 실천허겄다는 뜻이냐?"

눈에 힘을 모은 아버지가 낮은 소리로 물었다.

"예, 지시구만요."

"알겄다. 그다음 일은 이 애비가 알어서 허겄다."

아버지가 허리를 폈다.

"비용이 많이 들 것인디요."

"니가 입산헌 뒤로 이 애비가 헌 투쟁이 뭔지 아냐. 요런 날에 대비혀서 정신없이 돈 모은 일이다."

아버지는 승자처럼 환하게 웃었다.

"지 혼자 잡힌 것이 아니고 또 한 사람이 있구만요."

"알겄다. 당연히 항꾼에 혀야제."

조원제는 아버지가 커다란 산으로 느껴졌다.

9월이 되어서야 하대치는 안창민과 이지숙이 무기징역을 받았다는 것을 알았다.

"워메 되야 뿌렀소!"

그들이 사형을 면했다는 소식에 하대치는 펄쩍 뛰어오르며 외쳤다. 그러나 그리 반가워할 일도 아니었다.

"아니, 내가 요리 좋아라 허다 봉께 미친놈 같은디요."

표정이 싸늘해진 하대치의 말이었다.

"왜요?"

염상진이 하대치를 바라보았다.

"생각혀 봉께 무기징역은 죽어서야 끝나는디, 깜방에서 평생을 보내다 죽느니 당장 팍 죽는 것이 낫제라."

"죽는 것만 생각하면 하 동무 말이 맞소. 허나 감옥에 갇혀 있다고 해서 아무 일도 안 하는 것이 아니오. 굽히지 않고, 꼿꼿하게 감옥살이를 해 나가는 것은 적들에게 우리가 옳다는 것을 보여 주는 투쟁이기도 하오. 특히 안창민 동무 같은 사람은 감옥에서 할 일이 많소. 감옥에 있는 많은 동지들을 끝없이 격려하고 교양해서 모두가 감옥 투쟁을 굳건히 해 나갈 수 있도록 힘찬 선전과 선동의 임무를 수행해야 하오. 그 임무에 충실하며 감옥에서 살다 감옥에서 죽으면 그 죽음이야말로 얼마나 값나가는 일이오. 평생에 걸쳐 전개한 감옥 투쟁을 수많은 사람들이 기억할 것이고, 그 영향은 내일의 투쟁에서 반드시 힘으로 뭉쳐져 솟구치게 되어 있소. 그러니까 감방살이는 또 하나의 역사 투쟁이라는 것을 알아야 하오."

염상진은 그 옛날과 하나도 달라진 것 없이 차분하게 설명했다.

"고것이 그리 되는구만이라이."

진지하게 듣고 있던 하대치가 뚜벅 말했다.

"물론 두 동무가 감옥에서 평생 겪을 고생을 생각하면 무슨 할 말이 있겠소."

염상진이 먼 하늘로 눈길을 보냈다.

"오판돌 동무까지 가 버렸으니, 단풍 떨어지듯 하나하나 시나 브로 작별허는구만이라이."

한숨을 내뿜으며 하대치가 말했다.

오판돌은 열흘 전쯤 복내면 뒷골짜기에서 대원 셋과 함께 포위 당해 싸우다가 탈출구를 뚫지 못하고 끝내 수류탄으로 자폭하 고 말았다. 염상진의 뒤를 이어 보성군당을 이끌어 온 오판돌다 운 죽음이었다.

"하 동무, 너무 서운해하지 마시오. 어차피 투쟁은 동지들을 헤 어지게 만드는 것이고, 죽는 데는 순서가 없는 법이오."

염상진이 웃으면서 말했다. 그 웃음이 그지없이 스산했다.

"……찬 바람이 일기 시작허는디, 낭구 이파리가 떨어지면 개 들이 세게 나오겄제라?"

하대치는 화제를 바꾸었다.

"이승만 도당은 이번 겨울에 우리를 다 없애려 들 거요. 작년 겨울에도 이현상 선생을 생포해서 자기 앞에 데려오라고 했다는 데, 노망 든 영감탱이요. 이현상 선생이 누군데 생포될 때까지 가 만히 있으시겠소? 어쨌든 전투준비를 단단히 해야지요."

염상진은 자리를 털고 일어섰다.

"뜨시게라?"

"오래 쉬었소."

염상진은 손을 내밀었다.

"살펴 가시씨요."

하대치는 염상진의 손을 잡았다. 전에 없이 외로움이 왈칵 밀려들었다.

하대치는 멀어지는 염상진을 지켜보며 안창민과 이지숙 소식을 선요원을 통해 알리지 않고 직접 와서 알려 준 그 깊은 마음을 가슴 절절하게 느끼고 있었다.

"손 동무, 그간 고생 많았습니다. 이별 기념으로 뭘 하나 드렸으면 좋겠는데, 드릴 것이 없습니다."

박두병이 웃으며 빈손을 펴 보였다.

"무슨 말씀을요. 저도 아무것도 드릴 것이 없는걸요."

손승호도 웃으며 빈손을 펴 보였다.

"그래요, 빨치산의 이별에 무슨 물건을 주고받으면 오히려 이상하지요. 우리 서로 마음을 주고받읍시다."

박두병이 뭉툭하게 큰 코를 벌름했다.

"예, 좋은 생각이십니다."

손승호는 웃음을 지어 보였다.

"김범우를 만나시거든 그때 일 사실대로 말해 주세요. 내가 일부러 떼 놓은 거라고요. 그 친구는 어떻게 살고 있는지……. 결과적으로 그 사람 말이 맞아떨어진 셈이지요."

박두병의 얼굴에 자조적인 웃음이 스치고 지나갔다.

"무사한지나 모르겠군요."

"그 사람이 무사하면 손 동무 사업에도 도움이 클 텐데요."

"그러기를 바라야지요."

박두병이 손을 내밀었고 손승호가 그 손을 잡았다.

"손 동무, 우리의 투쟁 경험이 손 동무의 글로 씌어져 세상에 널리 퍼질 날을 기약합시다."

"예, 그러지요."

그들은 서로의 손을 힘주어 잡았다.

"선요원이 범바위까지 안내할 겁니다."

박두병의 목소리가 약간 잠긴 듯했다.

"예, 부디 건강하십시오."

손승호의 목소리도 약간 변해 있었다.

손승호는 선요원의 뒤를 따라 덕유산을 떠나고 있었다. 1950년 9월에 산에 들어와서 1952년 9월에 산을 떠나고 있으니 그 세월이 만 2년이었다. 그동안 겪은 수많은 일들이 떼어 놓는 걸음걸음마다 얽혀 들었다. 큰일부터 작은 일까지, 겪고 본 모든 것이 하나도 잊혀지지 않고 의식에 또렷이 박혀 있었다. 기억력이 좋아서가 아니었다. 처음부터 산에서 겪은 일을 잊지 말기로 작정하고 머릿속에 차곡차곡 쌓으려 애썼던 것이다. 그 일들을 빠짐없이 기억하고자 했던 데는 언젠가 기록으로 남기려는 욕구가 없지 않았다.

손승호는 고향으로 잠입해 긴 투쟁을 하게 되어 있었다. 고향을 떠난 뒤에 어디서 어떻게 보냈는지는 벌써 머리에 엮어 놓았다. 정의로운 역사를 위해 새로 시작하는 싸움—. 박두병의 이 말을 그는 전적으로 수긍했다. 그래서 고향으로 가게 되었다. 산에서와 마찬가지로 그 길도 죽음으로 이어져 있음을 그는 알고 있었다. 그러나 두려움은 없었다. 죽음 앞에서 두려움이 없는 건 죽음을 종교적으로 초월해서가 아니었다. 구체적인 자각으로 죽음을 끌어안았기 때문이었다. 죽음이 추상적일 때 두려움은 생기고, 현실의 안위에 집착할 때 두려움은 더 커지는 것이었다. 역사 또한 마찬가지였다. 자각하지 못한 자에게 역사는 존재하지 않는 과거일 뿐이며, 자각한 자에게 비로소 역사는 생명체인 것이다. 역사는 시간도, 사건도, 기록도 아니다. 그것은 저 먼 옛날부터 저 먼 뒷날에 걸쳐 살아서 꿈틀거리는 생명체인 것이다. 올바른 쪽에 서고자 한 무수한 사람들의 목숨으로 엮인 생명체. 그래서 역사는 관념도, 추상도 아닌 뚜렷한 실체인 것이다. 그러므로 역사는 흘러가는 것이 아니라 크는 것이다. 솥뚜껑 같은 사람의 힘과 의지로 커 나가는 것이다. 솥뚜껑은 하나가 아니고 수없이 많았다. 이제 자신도 그 뒤를 따라가는 하나의 솥뚜껑이고자 했다.

"동무, 여기가 범바우요."

선요원이 걸음을 멈추었다.

손승호는 앞에 우뚝 솟은 바위를 올려다보았다.

"여기부터는 조심혀야 쓰요."

"알겠소. 수고하셨소."

"그럼 조심혀서 잘 가씨요."

선요원이 돌아섰다.

"동무도 잘 가시오."

손승호는 선요원의 등을 보고 말했다. 그의 뒷모습이 문득 솥 뚜껑처럼 느껴졌다.

손승호는 눈을 감았다가 떴다. 산의 정적이 왈칵 끼쳐 왔다. 숨을 들이켰다가 천천히 내쉬었다. 입산한 뒤로 이렇게 혼자 떨어진 때는 없었다. 토벌대의 공격으로 외톨이가 된 때에도 비상선이 정해져 있었다. 이제 자신에게는 찾아갈 비상선이 없었다. 오로지 찾아갈 거점이 있을 뿐이었다. 산의 정적이 그대로 외로움으로 바뀌고, 눈 아래 펼쳐진 드넓은 공간이 외로움의 바다로 느껴졌다. 이제부터는 그 바다를 혼자 헤엄쳐야 한다.

걸음을 떼기 시작한 손승호는 금방 행동이 민첩해졌다. 그는 소리 한 가닥 내지 않고 산비탈을 내려갔다.

완전히 어두워져서 산을 벗어난다……. 외딴 민가를 찾아 옷을 바꿔 입는다……. 날이 새기 전에 그 민가에서 남쪽으로 100리 이상 벗어난다……. 어디서 삽이나 괭이를 구한다……. 그리고 논길만 타고 남쪽으로 간다……. 들판이 계속 이어져 있어 그건 얼마든지 가능하다…….

그의 머릿속에서 움직이는 생각이었다.

두어 시간을 줄기차게 걸은 그가 걸음을 멈추었다. 산을 거의 다 내려온 것이었다. 산을 벗어나 야산으로 붙자면 어두워지기를 기다려야 했다.

그는 은신처를 찾으려다가 발을 되돌렸다. 목이 너무 말랐다. 그는 개울로 빠르게 걸어가 머리를 박고 물을 마시기 시작했다. 물은 끊임없이 흐른다, 흘러서 끝내 바다에 이른다. 인민 해방의 역사도 그와 같다. 이어지고, 이어져 마침내 인민 해방의 날을 창조한다. 물을 양껏 마신 그는 고개를 들었다.

쪼그려 앉은 그는 손등으로 입을 닦았다.

탕!

그의 몸이 솟구치듯이 벌떡 일어났다.

탕! 탕! 탕!

그의 몸이 빙글 돌면서 휘청 꺾였다. 그리고 개울물로 첨벙 곤두박였다. 가슴과 배에서 솟구친 피가 금방 개울물을 붉게 물들이며 풀려 나가고 있었다.

나지막한 왼쪽 등성이에서 네댓 명이 이쪽으로 달려오며 외쳤다.

"명중이지?"

"틀림없어!"

"표적이 너무 좋았어!"

35

겨울과 함께 떠난 영웅 이태식

외서댁은 가늘고 긴 풀줄기를 뽑아 검지에 감고 이빨을 닦았다. 밥에 찍어 먹을 소금도 아껴야 하는 형편에 이는 그렇게밖에 닦을 수 없었다. 그렇게 어설프게라도 이를 닦고 나면 입 안이 개운해지며 순간적으로 기분이 반짝해지고는 했다.

"부지런도 허요, 외서댁 동무."

등 뒤에서 들리는 굵은 목소리가 하대치라는 걸 직감하며 외서댁이 고개를 돌렸다.

"어쩌요, 닭기름은 다 장만혔소?"

하대치가 아침 냉기에 어깨를 부르르 떨며 물었다.

"야아, 병마다 다 채웠구만이라."

"이, 수고했소. 근디 보리밥에 못 비벼 먹게 잘 단속허씨요이."

하대치가 건너편 물가에 자리 잡았다.

"다 일렀구만이라."

"말로는 소용없소. 맘이 꼭 아그들 같은 대원들이 있어서 살짝 비벼 먹고 그요. 요것 입 다셔 보씨요."

하대치가 손을 내밀었다.

"음마, 다래가 벌써 익었습디여?"

외서댁은 얼굴이 환해지며 손을 내밀었다.

"벌써가 뭐요, 10월이 다 가는디."

외서댁은 손바닥에 놓인 네댓 개의 다래 중에 하나를 집어 입에 넣었다. 연하고 달았다. 그건 산과일의 맛이면서, 대장 하대치의 따스한 마음이었다.

"참 맛나구만요. 고맙구만이라."

"고맙기는. 실답잖게."

하대치가 뚱하게 말하며 몸을 일으켰다.

외서댁은 다래를 하나 다시 입에 넣으며 겨울 투쟁 준비를 서둘러 끝내야 한다고 생각했다. 닭기름을 볶아 짠 것도 그 준비의 하나였다. 닭기름은 아무리 추운 겨울에도 얼지 않아서 총 닦는 기름으로 제격이었다. 그런데 그 기름으로 깡보리밥을 비벼 먹으면 그렇게 맛있을 수 없었다. 고추장에 보리밥을 비벼 먹는 맛도 기막혔지만, 그건 그다음이었다. 그 두 가지는 '빨치산의 2대 별식'으로 꼽혔다.

강동기는 대원 아홉을 뽑아 야간 기습에 나섰다. 겨울 투쟁에서 쓸 총알 확보 때문이었다. 지난 동계 공세로 후방부의 기능은 거의 마비되었고 병기과도 마찬가지여서 지난날 같은 총알 공급은 불가능했다.

이태식 부대도 엇비슷한 시간에 총알을 확보하기 위해 지서 습격에 나섰다.

강동기 부대의 공격 목표는 벌교 도래등에 있는 초소였다. 그 초소는 기관총으로 무장되어 있지 않았고, 바로 옆이 산이라 산으로 붙으면 추격을 따돌릴 수 있었다. 초소의 병력은 경찰 넷이라고 했다.

이태식은 총알뿐만 아니라 수류탄이나 기관총 같은 중화기까지 확보하려 했다. 또한 대원들의 사기를 높이기 위해 지서 하나를 한바탕 까뒤집는 적극적인 공격도 필요하다고 생각했다. '5·15 결정'에다 조원제까지 잡혀 버려 대원들의 분위기가 어두웠다.

강동기와 대원들이 제석산 바깥 줄기에서 어둠에 묻힌 긴 포구와 중도 들판과 읍내 안통을 한꺼번에 내려다본 것은 자정이 가까운 시각이었다.

"동무들, 코밑이 초소니께 정신 바짝 차리씨요. 내려갑시다."

강동기는 낮은 소리로 말하고는 혁대 구멍을 하나 줄였다.

그들은 빠르게 어둠을 헤치고 산비탈을 타 내려가 현씨네 제각 뒤에서 발을 멈추었다.

"동무들, 총은 내가 쏘기 전에는 절대로 쏴선 안 돼요이. 제1 비상선, 제석산 뒷골 미륵바우, 제2 비상선, 오금재 너머 왕참나무 밑이요. 자, 뜹시다!"

강동기의 빈틈없는 작전 지시였다.

그들은 곧 초소 비탈을 기어오르기 시작했다.

"뒤로 전달, 대열 옆으로."

그의 지시에 따라 가로로 선 대열이 초소를 향해 움직였다. 초소의 불빛이 어둠 속에 네모난 구멍을 뚫어 놓고 있었다.

으아앙, 으응응…….

개 으르렁거리는 소리에 강동기는 신경이 섬뜩 곤두섰다.

컹! 컹컹컹! 우아앙, 컹컹!

곧이어 개 짖는 소리가 어둠을 흔들었다. 그들은 반사적으로 땅바닥에 바짝 엎드렸다. 저 쌍놈의 개새끼! 강동기는 그만 암담해졌다.

"누구냐!"

"손 들고 나왓! 쏜다!"

초소에서 터져 나온 소리였다. 그리고 전짓불 빛이 어둠을 마구 헤치기 시작했다. 개는 더 기세를 올려 짖어 댔다.

개까지 다섯이다! 밀어붙이자!

"동무들, 돌격!"

강동기는 방아쇠를 당겼고 그들은 일제히 총을 갈기며 초소를 향해 내달았다.

"공비다!"

초소에서도 총을 갈기기 시작했다.

초소를 얼마 안 남겨 놓았을 때였다. 엉뚱한 데서 전짓불 빛들이 쏟아졌다. 총소리가 났다.

"길을 막어! 포위해라, 포위!"

이런 외침도 터지고 있었다.

강동기는 그 돌발 상황이 초소 건너편 민가에서 일어났음을 알아챘다.

"엄니!"

비명이 터졌다. 대원이 총을 맞은 것이었다. 강동기는 부르르 떨며 외쳤다.

"비상선 ! 비상선!"

대원들이 흩어져 뛰기 시작했다.

"동무들, 이쪽으로! 이쪽으로!"

강동기는 큰길을 따라 내리막을 뛰다가 오른쪽으로 방향을 급히 꺾었다. 뒤따라 뛰는 대원이 서넛이었다.

"아이고메!"

그중 하나가 나동그라졌다. 강동기의 마음은 돌아섰지만 발은 앞으로 내달았다. 총알이 날아오고 있었다. 민가 사이를 헤집고 그는 산 쪽으로만 뛰었다. 그가 비탈의 산밭으로 뛰기 시작했을 때였다. 어둠 속에서 총소리가 난무했다. 지름길로 앞질러 온 경찰이었다. 강동기는 총을 떨어뜨리며 머리를 땅에 박았다. 그리고 움직이지 않았다.

경찰서 마당에 옮겨진 빨치산 시체는 모두 일곱 구였다. 아침이 되면서 그 소문은 삽시간에 퍼졌다.

그날 밤 이태식 부대의 강경애도 죽었다. 다른 때와 마찬가지로 돌격대를 이끌고 앞장선 그녀는 대울타리 방어벽을 뚫다가 기관총에 난사당해 대울타리 사이에 두 팔이 끼어 매달린 채 죽었다. 이태식은 지서를 점령하고 나서야 그녀의 죽음을 알았다. 이태식은 노획한 무기 대신 벌집이 된 그녀의 몸을 업고 돌아왔다. 이태식의 옷은 피로 물들어 있었다.

경찰서 마당에 사람들이 몰려 있었다. 총 맞은 일곱 구의 시체는 가마니 위에 나란히 누워 있었다. 사람들 사이에서 염상구가 빠른 눈길로 시체들을 둘러보고는 빠져나갔다. 그리고 한 여자가 경찰서 마당으로 뛰어들었다. 그 여자는 뛰던 기세 그대로 사람들을 거칠게 헤치며 앞으로 나아갔다. 광기 서린 그 여자의 눈이 시체를 훑다가 한 곳에 딱 멎었다.

"워메! 길자 아부지이."

그 여자는 울부짖으며 앞으로 튀어 나가 시체 하나를 끌어안았다. 강동기였다.

"워메, 워메, 길자 아부지, 길자 아부지, 길자 아부지……."

남양댁은 싸늘하게 식은 강동기의 얼굴에 볼을 비벼 대며 몸부림쳤다.

양쪽에서 시체를 지키고 섰던 두 경찰이 달려와 남양댁을 잡아 일으켰다.

"어째 그요, 냅두씨요, 냅둬!"

눈물이 범벅된 얼굴로 남양댁은 두 경찰을 뿌리치며 소리 질렀다. 그러나 경찰이 그녀를 놓지 않았다.

"놓으란께라, 놔!"

그녀는 경찰의 손아귀를 벗어나려고 몸부림쳤다.

"안 되겠네, 안으로 끌고 가야제."

두 경찰이 그녀를 잡아끌었다. 그녀는 끌리지 않으려고 몸부림쳤다.

"이놈들아, 냅둬! 죽었웅께 인제 내 남편이란 말이여. 놔! 죽었

응께 인제 내 남편이랑께로."

남양댁은 질질 끌려가면서 울부짖었다.

경찰 부상 한 명에 공비 사살 일곱. 엄청난 전과였다. 그 전화 보고는 도 경찰국을 놀라게 만들었다. 도경에서 다시 걸려 온 전화는, 당일로 도경국장이 직접 와서 승전 축하식 및 유공자 표창식을 거행할 것이니 준비하라는 것이었다. 경찰서는 잔치 분위기가 되어 모두 이리 뛰고 저리 뛰고 정신없이 돌아쳤다.

도경국장은 오후 2시쯤 도착했다. 경찰서 마당에는 단상이 마련되었고, 일곱 구의 시체는 단상 아래 눕혀졌다. 읍내의 유지들은 다 모여들어 단상을 차지했고, 경찰서 마당은 읍민들이 발 디딜 틈 없이 채웠다. 벌교상업고등학교 악대까지 동원되어 빠라빠라, 뿡짝뿡짝 분위기를 돋우었다.

그런데, 웬만한 사람이 아니면 단상에 한 발도 올려놓을 수 없는 형편에 네 발을 떡 올려놓은 개 한 마리가 있었다. 두 귀가 쫑긋 선 개는 앞발을 세우고 앉아 있었는데, 목에서 가슴으로 어깨띠를 두르고 있었다. 그 어깨띠에는 '충견 만세'라고 씌어 있었다.

겨울이 시작되면서 토벌대는 다시 열을 올렸다. 점점 수가 줄고 있는 빨치산들은 겨울을 맞아 소조 투쟁으로 들어갔다. 상황이 불리하면 두 명씩 소조가 되어 흩어져 싸웠고, 기습의 기회를 포착하면 다시 큰 덩어리로 뭉쳤다.

전투경찰이 주축을 이룬 토벌대는 작년 겨울의 군 토벌대와는 비교가 되지 않았다. 병력과 화력이 그랬고, 작전 기간도 길어야 삼사 일이었다. 빨치산들은 밥을 굶지 않아도 되는 것을 큰 다행으로 여겼다. 그러나 경찰 토벌대라고 방심할 수는 없었다. 빨치산에 비해 화력이 월등했고, 빨치산에게는 없는 통신 장비를 갖추고 있었다. 경찰은 어느 면에서는 군인보다 대적하기가 더 어려웠다. 군인은 능선을 타고 훑어 내리기 때문에 자기들의 위치를 다 드러냈지만 경찰은 계곡을 더듬어 올라오기 때문에 자기들의 움직임을 곧잘 숨겼다. 경찰은 그런 방법으로 기습을 시도했고, 포위망을 구축하기도 했다.

낮에 소조로 흩어졌던 하대치 부대원들은 날이 어두워지면서 비상선으로 모여들었다. 외서댁은 대원들이 도착하는 대로 인원을 파악했다.

"어찌 되았소?"

외서댁이 긴장하며 한 대원에게 물었다.

"총 맞어 부렀구만요."

그 대원이 힘없이 말하며 고개를 숙였다.

"되았소, 동무라도 성헌께."

외서댁은 어째서 그리되었냐고 묻지 않았다. 다른 대원이 이미 죽은 마당에 그런 물음은 살아온 대원을 괴롭힐 뿐이었다.

다른 대원들은 모두 돌아왔다.

"유만복 동무가 죽었구만이라."

외서댁이 하대치에게 보고했다.

"유만복 동무가?" 하대치가 놀라더니 "제길, 그 쿠렁쿠렁 소리 잘 지르던 동무가 가 버렸으니 인제 개들 보고 소리 지르자면 외서댁 동무가 힘 들겄소."라며 감정을 감추고 말했다.

그들은 천막 대신 담요 몇 장을 둘러쳐 불빛을 막고 저녁을 지어 먹었다.

"동무들, 밥 먹었응께 밥값 한바탕 헙시다. 우리가 소조 투쟁을 헝께로 개들이 안심허고 아무 데나 천막을 치요. 고것을 우리가 어디 보고만 있겄소? 빨치산의 맵고 짠 맛을 톡톡히 봬야제."

하대치가 기습 작전을 알렸다.

하대치는 이미 보아 두었던 공격 지점을 찾아 골짜기를 타고 내렸다. 경찰 토벌대는 야영도 군 토벌대와 다르게 했다. 군인은 산중에서 야영을 하기가 예사인데 경찰은 반드시 산을 벗어나 민가를 차지하거나, 민가가 없으면 방어하기 유리한 지형을 골라 천막을 쳤다.

"천막이 네 갠께 한 천막에 스물만 잡아도 합이 여든이요. 그러면 우리 세 배인디, 거기다가 평지에 개울물까지 끼고 천막을 친

것이요. 긍께로 여기서 공격을 허자면 평지를 가로질러야제, 개울물을 건너야제, 아주 어렵다 그것이요. 쌈이란 서로 머리 짜내긴께, 우리는 요러크름 허겠소. 외서댁 동무가 왼쪽으로 싸악 돌아서 먼저 공격허씨요. 그려서 개들이 쫓아 나오면 워리, 워리 총알로 불러 가면서 뒤로 빼다가 산으로 붙으씨요. 그새에 내가 오른쪽으로 돌아서 뒤통수를 뽀개 뿔겠소."

하대치의 작전 설명이었다.

외서댁은 대원 일곱 명과 함께 개울가에 도착했다.

"우리는 개들을 유인허는 것잉께 간격을 넉넉히 벌리고 총을 쏘면서 뒤로 물러서야 허요이!"

외서댁은 물을 건너기 전에 다짐받았다.

작전은 계획대로 맞아 들어갔다. 외서댁 부대가 뒷걸음질 치며 개울을 얼마 안 남겨 놓았을 때 반대쪽에서 공격이 시작되었다.

"포위당했다. 포위!"

"한쪽으로 몰리지 말앗!"

적진에서 터지는 발악적인 소리와 비명이 들려왔다.

외서댁이 비상선으로 돌아오고 꽤나 시간이 지난 다음에 하대치가 돌아왔다.

"대원들은 어찌 되었소?"

외서댁을 보자마자 하대치가 물었다.

"다 무사허구만요. 뒷일은 어찌 됐는게라?"

"아주 잘 되았소. 개들이 쌩똥깨나 싸면서 꼬드라졌을 것이요."

하대치의 목소리가 만족스러웠다.

"근디 어째 그러고 계시요?"

외서댁은 하대치를 보며 의아스럽게 물었다. 하대치는 머리 오른쪽을 손바닥으로 누르고 있었다.

"이, 쪼깐 다친 모양이요."

"워메! 싸게 불 피우고 봐야제라."

외서댁은 덜컥 겁이 났다.

"우선 안전헌 데로 가고 나서 봅시다."

그들은 서둘러 그곳을 떠났다.

하대치는 걸으면서 대원들이 듣지 못하도록 신음을 씹었다. 피가 볼로 흘러 목을 타고 흐르는 것을 느낄 수 있었다. 수류탄 파편에 맞은 순간 까마득해졌고, 고통이 심하고 피가 멎지 않는 것으로 보아 상처가 가볍지 않은 것 같았다.

"워메, 요리 크게 다치고도 참어집디여?"

불을 피우고 상처를 들여다본 외서댁은 숨이 넘어갈 듯 놀랐다. 반 뼘 넘게 찢어진 상처가 헤벌어져 있었다. 상처가 벌어진 만큼 살이 떨어져 나가고 없었다. 워메, 쪼깐만 더 심혔더라면……. 외서댁은 그 아슬아슬함에 가슴이 벌떡벌떡 뛰었다. 외서댁은 영

232

웅 하대치가 없는 부대는 상상할 수 없었다.

"어쩔께라, 피가 자꾸 흐르는디."

외서댁이 울상을 지었다.

"여기 좋은 약이 있소. 요것이 피를 빨아 먹게 두툼허니 뿌리씨요."

하대치가 담배쌈지를 꺼내 놓았다.

"워메, 담배 가루야 살짝 다친 데나 뿌려야제, 요리 살점이 떨어져 나간 자리에 뿌리면 속살이 쓰려 어쩐다요."

외서댁이 고개를 내저었다.

"싸게 뿌리씨요. 명령잉께!"

하대치의 단호한 말에 외서댁은 하는 수 없이 쌈지를 집었다.

하대치는 그날 밤부터 꼬박 사흘을 열에 들뜨고 한기에 떨며 앓았다. 외서댁은 날마다 비트를 옮겨 가며 하대치를 치료했다. 치료라고 해야 어떻게 해서든 죽을 쑤어서 떠먹이고, 담요를 모아 몸을 감싼 것뿐이었다. 그녀는 이러다가 그가 죽는 것이 아닌가 싶어 날마다 피가 타들었다.

"외서댁 동무가 나를 살려 냈소."

몸을 일으킨 하대치가 말했다.

"음마, 괜히 영웅이간디라."

눈물을 머금으며 외서댁이 한 말이었다.

지리산의 겨울은 혹독하게 추웠다. 토벌대는 지리산에서 바깥으로 통하는 길목이란 길목은 완전히 봉쇄했다. 보투를 막아 굶겨 죽이자는 작전이면서, 그래도 보투를 안 할 수 없는 빨치산들을 손쉽게 잡자는 투망 작전이었다. 그러면서 남쪽 골짜기를 불시에 습격하기도 했다. 겨울이면 북쪽 골짜기보다 훨씬 따뜻한 남쪽 골짜기로 빨치산들이 몰린다는 것을 그들은 알고 있었다. 그들의 급습은 정확한 정보를 바탕으로 할 때가 많았다. 투항하거나 생포한 빨치산들이 입을 열었던 것이다. 그래서 빨치산들은 대원 중에 하나라도 행방불명이 되면 비트를 옮기기 바빴다. 투항자는 환자들 속에서 많이 생겨났다. 환자트에는 치료약이 전혀 없는 데다 식량마저 제대로 공급되지 않다 보니 총상을 입었거나 동상이 심한 환자들은 어느 순간 마음이 뒤집히기 쉬웠다. 한 사람이 마음이 변하면 같은 환자트의 대여섯 명이 한꺼번에 포로 신세가 되는 경우가 흔했다. 그렇게 생포된 환자들 중에는 끌려가다가 스스로 낭떠러지로 떨어져 죽기도 했고, 도망가는 척해서 유인 자살을 하기도 했다. 어느 환자트에서는 한 명의 변심으로 토벌대가 들이닥치자 몰래 감추고 있던 수류탄을 터뜨려 환자 넷과 토벌대 셋이 떼죽음을 당하기도 했다.

지리산의 가혹한 추위 속에서 빨치산들은 얼어 죽고, 굶어 죽고, 총 맞아 죽어 가며 시나브로 소멸되고 있었다.

김범준은 2월의 추위 속을 이해룡에게 업혀 다니고 있었다. 벌써 두 달째였다. 기동이 어려운 환자는 반드시 환자트로 보내야 한다는 규정 위반이었다. 그러나 이해룡은 환자트로 보내 달라는 김범준의 말을 묵살한 채 그를 업고 다니며 토벌대와 싸우고 있었다.

김범준은 동상으로 발이 썩고 있었다. 중국 투쟁 때부터 동상을 앓아 온 그는 압록강을 건너올 때 벌써 왼쪽 발가락이 두 개 없었다. 빨치산 출신들은 누구나 겨울이면 동상, 여름이면 무좀으로 고생했다. 김범준도 예외일 수 없었다. 그러다가 작년 겨울을 지리산에서 나면서 동상이 심하게 걸렸다. 그런데 지난 12월 중순에 결정타를 입었다. 토벌대에게 포위당해 쫓기는데 눈 덮인 산에 몸 숨길 데가 없었다. 그때 계곡 개울에 부풀어 올라 있는 얼음덩이가 눈에 띄었다. 키 높이로 층이 진 개울에 물이 쏟아지면서 얼음이 커다란 바위처럼 얼어붙어 있었고, 그 옆구리에 구멍이 뻥 뚫려 있었다. 그는 그 구멍으로 몸을 디밀면서 기겁을 했다. 얼음바닥일 거라고 생각했었는데 뜻밖에 물이었던 것이다. 쏟아지는 물이라 그 안은 얼지 않았던 것이다. 그러나 몸을 숨기기에는 그편이 오히려 안전했다. 그는 목까지 물에 잠긴 채 토벌대가 오락가락하는 위기를 넘겼다. 그렇지만 고질이 된 동상에 그 냉탕의 시간이 너무 길었고, 흩어졌던 부대를 다시 만나기까지도 시간이 너무 걸렸다. 온몸이 얼음덩이가 된 그는 이해룡을 만나면서 실신하고 말았다. 가까스로 목숨은 건졌지만 발의 동상이 극심해져 걸을 수가 없었다. 그는 환자트로 보내 달라고 몇 번이나 말했다. 원칙을 강조하기도 하고, 화를 내기도 하고, 간청도 했다. 그러나 이해룡은 아침저녁으로 고름을 닦아 내고 냉수 찜질하기를 그치지 않았다.

2월이 끝나 가면서 또 한 번의 겨울이 지나갔다. 동백꽃이 지고 진달래 꽃망울이 부푸는 가운데 이태식이 죽었다는 소문이 퍼졌다. 부하 세 명과 함께 수류탄으로 자폭했다고도 하고, 서로가 서로를 쏘고 죽었다고도 했다. 죽은 곳이 통명산 줄기라고도 했고, 무등산 기슭이라고도 했고, 백아산 매봉이라고도 했다. 어쨌거나 '백아산 호랑이'로 '강철 부대'를 이끌며 영웅 칭호까지 받았던 머슴 출신 이태식은 영웅다운 전설을 남긴 채 세상을 떠났다.

겨울은 또 많은 빨치산들을 데려갔다. 그래서 지구마다 부대 개편을 했다. 지구 기동연대장 하대치는 지구 부사령관이 되었다.

36

휴전선으로 변한 삼팔선

6월 18일 새벽 김범우는 마산 포로수용소에서 석방되었다. 반공 포로 분리 수용으로 그는 마산으로 옮겨졌던 것이다.

김범우는 철조망을 벗어난 뒤에 거제도에 있는 정하섭을 생각했다. 너는 북쪽으로 가는가. 그래, 가거라. 남쪽에 집을 두고 북쪽으로 가는 사람이 어찌 너 혼자뿐이겠는가. 난 이제 고향으로 간다. 너와의 약속은 지킬 것이다. 전쟁이 완전히 끝난 것이 아니라 멈춘 것일 뿐인 휴전은 우리에게 남겨진 숙제다. 그 숙제를 가지고 너는 북으로, 나는 남으로 헤어지는 것이다. 휴전은 우리 민족에게 새로운 시작이 될 것이다. 갈라져 살아야 하는 비극적인 시대의 시작 말이다. 그건 새로운 싸움의 시작이기도 하다. 너와

나는 그 싸움을 위해 함께 고향으로 가지 못하고 이렇게 헤어지는 것이다. 부디 잘 가거라. 그리고…… 다시 만날 때까지 꿋꿋하자꾸나.

김범우는 사흘이 걸려 집으로 돌아왔다. 집에는 그를 놀라게할 충격이 기다리고 있었고, 그 또한 식구들을 소스라치게 할 충격을 가지고 있었다. 범준 형님이 인민군 고급군관으로 돌아왔다는 사실에 그는 충격을 받았고, 식구들은 그의 절룩거리는 다리를 보고 충격을 받았다.

어머니는 아버지가 세상을 떠난 것부터 알려 주었지만 김범우는 아무렇지 않게 받아들였다. 아버지의 죽음은 지극히 자연스러운 현상일 뿐이었다. 그러나 형님이 돌아왔다는 것은 충격이었다. 형님은 그에게 다시 만날 수 없는 사람이었다. 그런데 인민군 고급군관으로 돌아왔다니, 그것은 거듭된 충격이었다. 형님의 그 행로가 여러 말이 필요하지 않은 역사의 웅변으로 가슴을 쳤다.

"그래서 어찌 됐습니까?"

김범우는 생략을 모르는 어머니의 사설조의 이야기에 그만 답답함을 느꼈다.

"입산했지."

"그다음에는요?"

"그것이야 어찌 알겠냐. 그간에 수없이 많이 죽었다는디……."

그동안 많이 늙어 버린 어머니는 말끝을 흐리며 옷고름 끝으로 눈물을 찍어 냈다.

마루에 걸터앉은 김범우는 고읍 들녘 저 멀리 보이는 산줄기를 하염없이 바라보고 있었다. 독립을 위해 빨치산 투쟁을 했을 형님은 이제 민족과 인민 해방을 위해 저 산속에서 빨치산 투쟁을 하고 있지 않은가. 염 선배는 얼마나 좋아했을까……. 그 뚝심 좋은 실천가, 어릴 때부터 형님을 그렇게 우러르더니 결국 형님은 그의 차지가 되었군. 그는 그만한 자격이 있지. 그런데 형님이나 염 선배는 살아 있기나 할까. 살아 있다면 휴전이 목전에 닥친 이 마당에 어찌하려는 것일까. 정하섭의 말대로 그들은 지하로 잠적하게 될까, 글쎄……. 잠적하기에는 너무나 노출되어 버린 인물들이지. 김범우는 불현듯 형님을 찾아 산으로 들어가고 싶은 충동을 느꼈다.

1953년 7월 27일, 마침내 휴전협정이 조인되었고, 3년 1개월 2일 만에 총소리가 멈추었다. 따라서 1945년 8월 15일 해방과 동시에 미·소의 합의로 그어진 직선의 삼팔선은 꾸불꾸불한 곡선의 휴전선으로 변했다. 휴전선은 '전쟁이 끝난 선'이 아니라 '전쟁을 쉬는 선'이란 뜻이었다. 대부분의 사람들은 그 차이를 잘 모른 채 그저 '전쟁이 끝났다.'고 했다.

"근디 그간에 죽은 목숨들이 다 얼마나 될랑고?"

"징글징글허게 많을 것인디, 고것을 누가 알겄어."

맞는 말이었다. 그 수를 정확히 밝혀낼 수 있는 사람은 아무도 없었다.

전쟁이 끝난 어수선한 분위기 속에서 신문은 평양방송이 8월 7일에 발표한 소식을 전하고 있었다. 박헌영 외에 이승엽·이강국·임화·설정식 등 열두 사람에 대한 숙청 소식이었다.

이승엽·조일명·임화·이강국·박승원·배철·백형복·조용복·맹종호·설정식은 사형. 윤순달은 징역 15년. 이원조는 징역 12년. 박헌영은 아직 재판을 마치지 않은 상태였다.

그들의 죄상은 첫째, 미 제국주의를 위해 감행한 간첩 행위. 둘째, 남반부 민주 역량 파괴, 음모와 테러, 학살 행위. 셋째, 공화국 정권 전복을 위한 무장 폭동 행위였다.

이 소식은 빨치산들에게도 전해졌고, 이해룡은 걷잡을 수 없이 흥분했다.

"소장 동지, 결국 이럴 줄 알았습니다. 94호 결정서에서 모든 잘못을 남조선 단체들한테 덮어씌웠을 때 저는 이런 결과가 올 줄 알았습니다. 보십시오. 휴전된 지 며칠이나 됐다고 남로당계만 쏙 뽑아 이 꼴을 만든단 말입니까. 이래도 당을 믿어야 합니까!"

눈에 불을 켠 이해룡은 부들부들 떨고 있었다.

"이 동지가 할 말이 많은 것 같은데, 다 털어놔 보시오. 어떤 내용이든 정식 토론으로 접수하겠소."

김범준은 담담하게 말했다.

"예, 저는 남조선 단체들이 잘못했다고 했을 때 분하고 억울했습니다. 그럼 북조선 단체들은 아무 잘못이 없다는 것인데, 당이 어찌 그리 편파적일 수 있습니까. 그리고 남로당과 북로당은 벌써 오래전에 합당했습니다. 조선민주주의인민공화국에는 오로지 조선로동당이 있을 뿐입니다. 우리는 그 사실을 철통같이 믿었고, 오로지 조선로동당과 인민의 승리를 위해 투쟁했습니다. 그래서 인공이 시작되고 멋모르는 사람들이 '박헌영 동지 만세'를 부를 때 저나 모든 당원들은 그런 행위를 막고 '김일성 장군 만세'를 부르게 했고, 왜 그래야 하는지를 열심히 지도하고 학습시켰습니다. 그런데 당은 남조선 단체들에게 책임을 씌우더니 결국은 남로당계를 다 숙청했습니다. 남쪽 출신인 우리는 남로당원이었습니다. 우리는 이제 무엇을 위해 투쟁하고, 누구를 위해 투쟁해야 합니까. 당한테 버림을 받았으니 이제 개들의 세상으로 손을 들고 내려가야 하겠습니까? 말씀 좀 해 보십시오, 소장 동지!"

이해룡의 충혈된 눈에 눈물이 번졌다.

"이 동지로서는 충분히 할 수 있는 말이오. 그런데 내 말을 하기 전에 한 가지 부탁이 있소."

김범준은 엄중한 얼굴로 말했다.

"예, 말씀하십시오."

"다름이 아니고, 이제부터는 이 동지의 감정을 누르고, 이 동지의 생각도 접어놓고, 우리가 당사를 학습할 때의 마음으로 내 말을 들어 달라는 것이오. 그럴 수 있겠소?"

"예, 그렇게 하겠습니다."

"고맙소. 그럼 내 얘길 시작하겠소. 내가 지난번에 이야기를 뒤로 미룬 것은 이런 결과를 예상했기 때문이오. 그때 얘기해 봐야 제대로 설명이 안 됐을 것이오. 자, 그때 일을 한 가지 떠올릴 게 있소. 그때 두 도당 위원장이 결정서에 대해 문제를 제기했는데, '남조선 단체들의 잘못'에 대해서 이 동지가 이의를 제기한 것처럼 두 도당 위원장도 이의를 제기했느냐 하는 점이오. 어떻소, 생각이 나오?"

"글쎄요……." 이해룡은 미간에 신경을 모으더니 "별 의견이 없었던 것 같은데요."라며 미심쩍은 표정을 지었다.

"맞소. 두 동지는 그 대목에 대해 아무런 이의도 제기하지 않았소. 왜 그랬는지 알겠소?"

이야기를 풀어 갈 실마리를 잡은 김범준이 이해룡을 지그시 바라보았다.

"지금 생각해 보니 이상합니다. 왜 그랬을까요?"

"당은 그때 벌써 선택적 결정을 했고, 두 동지는 당의 뜻을 파악하고, 이의 없이 접수했던 것이오."

"선택적 결정, 그게 무엇입니까?"

이해룡의 얼굴이 긴장되었다.

"당은 민족해방전쟁에서 남조선을 해방시키지 못하고 휴전 협상에 임하게 되었소. 그 상황에서 당은 인민 앞에 책임질 의무가 있소. 그 의무가 무엇이겠소? 당은 인민들에게 민족과 인민의 해방을 약속했고, 인민들에게 피의 헌신을 요구했소. 그런데 결과는 무위로 돌아갔소. 그때 당은 인민들의 피의 헌신에 걸맞은 책임을 져야 하오. 그 책임 수행을 위해 당은 '선택적 결정'을 하는 것이오. 이 선택적 결정은 인민의 단결을 위하는 것이면서 당의 장래를 위한 것이며 또한 원대한 사회주의 건설을 위한 준엄한 '역사 선택'인 것이오. 그 역사 선택의 결과가 이번 일이오."

"아니 그럼, 박헌영 동지께서 스스로 역사 선택을 했단 말입니까?"

이해룡은 그동안의 생각이 완전히 뒤집히는 착란을 느꼈다.

"진정한 공산주의자들은 죽음도 나눈다는 것을 알 필요가 있소. 그건 이미 볼셰비키 당의 역사가 입증하고 있소. 그걸 이해하기 위해서는 조금도 복잡하게 생각할 게 없소. 바로 이 동지 자신을 보면 되는 거요. 이 동지는 지금 역사 투쟁을 위해 하나밖에 없는 목숨을 내놓고 투쟁하고 있소. 바로 그 정신이 역사 선택이오. 젊은 이 동지가 하는 일을 박헌영 동지가 안 해서야 되겠소?"

이해룡은 비로소 눈앞이 새로 열리는 것을 느꼈다.

"예, 이제 알겠습니다. 그런데 왜 하필 박헌영 동지가 역사 선택을 해야 하는 겁니까?"

김범준은 이렇게 묻는 이해룡을 쓰다듬는 듯한 눈길로 바라보며 부드럽게 웃었다.

"이 동지, 지금 우리 앞에 적이 몰려오고 있소. 당의 사명을 전달하기 위해 누구든 하나는 살아야 하고, 다른 한 사람은 적을 막아 내며 죽어야 하오. 이때 누가 적을 막고 나서야겠소. 그건 당연히 나이 한 살이라도 더 많은 내가 해야 할 임무요."

"그렇군요……. 그렇군요……."

이해룡은 초점을 잃은 듯한 눈으로 중얼거리고 있었다.

휴전을 계기로 토벌대의 공세는 맹렬해졌다. 빨치산의 수를 이미 파악하고 있는 그들은 방어의 두려움 없이 소탕에만 몰두했다. 하지만 빨치산들은 토벌대를 피해 다니다가 기습하고 또 자취를 감추는 전술을 썼으므로 토벌대는 마음만 급했지 성과를 올리지 못했다.

지리산에 갑자기 삐라가 뿌려졌다. 한동안 뜸했던 일이라 이해룡은 이상하게 생각했다.

"어!"

삐라를 집어 든 순간 이해룡은 눈앞이 새까매졌다. 그건 이현상의 죽음을 알리는 삐라였다.

그럴 리 없는데……. 절대 그럴 리 없는데……. 이현상 선생님이 사살당하다니…….

이해룡은 두려움으로 눈을 뜰 수가 없었다. 그러나 다시 확인해야 했다. 그는 가까스로 눈을 떴다. 삐라에는 분명 이현상 선생의 숨 끊어진 모습이 담겨 있었다. 머리에서 혁대 조금 아래까지 찍힌 알몸 여기저기에는 총 맞은 자리가 선명했고, 눈은 꼭 감겨 있었다.

삐라 위에 눈물이 뚝뚝 떨어졌다.

"혁명가답게 장하게 잘 가셨소."

김범준은 삐라를 보며 담담하게 말했다. 전혀 놀라는 기색이 없는 김범준의 모습에 이해룡은 오히려 놀랐다.

9월이 저물고 있었다. 화엄사골과 피아골에 토벌대가 밀려들었다. 이해룡은 주능선을 넘어 뱀사골이나 달궁골로 빠져야 한다고 판단했다. 그는 김범준을 부축해 가며 여섯 명의 대원과 함께 피아골을 벗어나기 시작했다. 살아남은 대원은 여섯이 다였다.

그들이 주능선에 막 올라섰을 때였다. 어디선가 기관총이 난사

되기 시작했다.

"피해라!"

이해룡이 외쳤다. 그러나 그는 돌아서다 말고 푹 고꾸라졌다. 총알이 잇따라 그의 등을 뚫고 나갔다. 그 옆에서 김범준도 허리가 휘청 꺾이며 쓰러졌다. 순식간에 네 명이 쓰러졌다. 나머지 네 명은 넘어지고 뒹굴며 비탈을 내려 뛰고 있었다.

염상진은 대원 넷과 함께 막바지에 몰려 있었다. 위로 밀리고 밀려 산꼭대기에 다다른 것이다. 수백 명의 토벌대가 총을 난사하며 올라오고 있었다. 그 병력 동원과 포위망 구축은 우연이 아니었다. 비트를 기습당하는 순간 염상진은 배신자가 생겼다는 것을 직감했다.

"부사령 동지, 총알이 떨어졌구만요!"

어느 대원의 다급한 소리였다.

"서로 나누어 쓰시오. 함부로 쏘지 말고 한 놈씩 정확하게 겨냥하시오."

염상진은 가늠구멍을 들여다본 채 지시했다.

"총알이 다 떨어졌는디요."

뭣이! 염상진은 대원들 쪽으로 몸을 돌렸다. 대원들은 총알이 없으면서도 각자의 위치를 지키고 있었다. 염상진은 자신의 탄띠를 살폈다. 탄창 두 개와 수류탄 하나가 남아 있었다. 그는 탄창 두 개를 허물어 네 대원에게 네 발씩 나눠 주었다.

"이게 마지막이오. 한 발씩 정확하게 겨냥해서 쏘도록 하시오."

"세 발씩만 쏠께라?"

한 대원이 물었다. 그 말은 곧 한 발씩은 남겨야지요? 하는 말이었다.

"네 발씩 다 쏘시오. 이게 있으니까."

염상진은 수류탄을 내보였다. 그리고 적을 향해 방아쇠를 당겼다. 한 번, 두 번, 빈 탄창이 튕겨 나왔다. 더는 총알이 없었다. 그는 빈 총의 가늠구멍으로 몰려오는 적들을 노려보았다. 마침내 왔구나! 이젠 가야지! 그는 어금니를 꾸욱 물었다. 문득 아들 광조의 얼굴이 떠올랐다. 그리고 새벽 공기 같은 맑고 시원한 목소리가 쟁쟁하게 울려왔다. "아부지, 나도 싸게싸게 커서 아부지맹키로 훌륭헌 사람이 될라요." 그는 눈을 질끈 감았다. 어머니와 아내, 딸의 얼굴이 겹쳐지고 있었다. 그는 얼른 왼쪽 윗주머니에 손을 넣었다. 어머니가 주신 돈이 손끝에 잡혔다. 그는 돈을 매만지고 손을 빼냈다.

"부사령 동지, 다 쐈구만이라."

뒤에서 들려온 말이었다. 염상진은 몸을 돌렸다. 그는 대원들을 살폈다. 그들의 얼굴에 찬 기운이 서려 있었다.

아래쪽에서 외침이 들려왔다.

"염상진 들어라. 총알이 떨어졌으면 부하들 데리고 자수하라. 자수하면 선처를 보장한다. 잘못 생각해서 부하들 불쌍하게 죽이지 말고 어서 자수하라. 5분의 여유를 주겠다. 잘 생각해서 결정하라."

염상진은 적이 자기 이름까지 알고 있는 것에 놀라지 않았다. 누군가의 입으로 비트가 노출된 이상 이름이 밝혀진 것은 당연한 일이었다.

"동무들, 다 같이 앉읍시다."

염상진이 자리를 잡자 대원들이 뒤따라 둘러앉았다. 총소리에 쫓겨 갔던 산의 적막이 한꺼번에 밀려들어 있었다. 그 두꺼운 적막 속에 그들 다섯은 바윗덩어리인 듯 앉아 있었다. 염상진이 입을 열었다.

"동무들, 저자들 떠드는 소리 들었지요? 마침내 투쟁을 끝낼 때가 왔소. 동무들은 투쟁을 어떻게 끝내야 하는지 알고 있을 것이오. 그러나 적들이 저렇게 떠들어 댄 이상 나는 동무들에게 당의 원칙을 강요하고 싶지 않소. 이 마당에 여러분의 마지막을 여러분 스스로 솔직하게 결정하기 바라겠소. 저자들의 말을 듣고 자수하겠다면 가도 좋소. 자, 백 동무부터 말해 보시오."

"지는 여기서 죽겄구만이라."

"개들을 믿느니 경상도 디딜방아를 믿겄소."

"더 살아서 헐 일도 없구만이라."

"하면이라, 다 함께 가야제라."

"동무들, 다들 장하시오!"

염상진의 감격 어린 목소리였다.

"염상진 들어라, 2분 남았다!"

아래서 들려오는 목소리였다.

"자 동무들, 하고 싶은 말 있으면 한마디씩 하시오."

염상진이 수류탄을 손아귀에 잡으며 말했다.

"바라던 대로 살아 봤응께 원도 한도 없구만이라."

"나도 더 바랄 것이야 없는디, 새끼 하나 있는 것이 눈에 밟히요."

"나도 후회헐 것 아무것도 없소."

"나는 따로 헐 말 없고, 그저 부사령 동지 뫼시고 죽은께로 영광이오."

"나도 동무들 같은 당당한 전사들과 함께 죽으니 그저 영광스러울 뿐이오."

염상진이 대원들을 둘러보며 말했다. 그의 얼굴에 웃음이 피어나고 있었다.

"30초 남았다, 30초!"

"동무들, 우리 다 같이 어깨동무를 합시다."

염상진이 팔을 벌렸고, 네 사람도 팔들을 벌려 어깨동무를 했

다. 수류탄을 든 염상진의 오른손이 그들이 만든 동그라미 가운데 놓였다.

"동무들, 우리 다 같이 만세를 부릅시다."

염상진은 말을 마치자마자 입으로 수류탄의 핀을 뽑았다.

"인민공화국 만세에—."

꽝!

이틀 뒤, 벌교역 앞마당에는 사람의 목이 하나 내걸렸다. 폭이 60센티 정도고, 길이가 2미터 정도 되는 나무판이 받침목으로 비스듬하게 세워졌고, 그 꼭대기에 머리카락을 위로 모아 묶은 목이 매달려 있었다. 그 아래 붙은 종이에는 큼직한 글씨가 씌어 있었다.

악질 빨갱이 염상진 사살.

수류탄 자살로 염상진과 빨치산들의 몸은 걸레가 되어 버렸고, 토벌대는 염상진의 목만 잘라 갔다.

염상진의 목이 내걸리자마자 그 소문이 퍼졌고, 역으로 사람들이 밀려들기 시작했다.

"이놈들아, 안 돼야, 안 돼야. 내 아들을……. 안 돼야!"

한 여자 노인네가 울부짖으며 사람들을 밀쳐 대고 있었다. 그동안 허리가 더 굽어 지팡이를 짚은 호산댁이었다. 울부짖으며 맨 앞으로 나선 호산댁이 걸음을 뚝 멈췄다. 그리고 반으로 접힌 허리를 약간 펴면서 고개를 들었다.

"워메! 워메, 어쩔끄나! 애비야, 애비야, 내 자식아!"

호산댁의 입에서 통곡이 터졌다.

사람들이 수군거리기 시작했고, 나무판 양쪽에 총을 메고 서 있던 두 경찰은 제각기 먼 눈길을 보냈다.

"이놈들아, 요런 흉악헌 짓이 어디 있냐. 당장 내 아들을 내놓 그라!"

호산댁이 소리치며 앞으로 내달았다. 두 경찰이 놀라 재빨리 호산댁을 가로막았다.

"요런 흉악헌 놈들아 비켜나그라! 사람이 죽었으면 그만이제 저런 법이 어디 있냐. 이놈들아!"

호산댁이 지팡이를 치켜들었다.

"할마씨, 좋은 말로 헐 때 집에 가 있으씨요. 다 빨갱이 자식 둔 죈께."

한 경찰이 내쏘았다.

"에라이 죽일 놈아, 니도 사람이냐!"

호산댁이 눈을 부릅뜨며 지팡이를 내려쳤다. 경찰이 지팡이를 낚아챘고, 호산댁은 여지없이 앞으로 엎어졌다.

"워메에, 참말이네웨!"

그때 한 여자가 두 팔을 벌리며 포효 같은 울부짖음을 토해 냈다. 엎어졌던 호산댁이 고개를 후딱 뒤로 돌렸다. 그녀의 눈에 큰 며느리가 잡혔다.

"아이고 세상에나 광조 아부지, 어찌 그러고 계시요오."

수염이 더부룩한 채 긁히고 찢긴 염상진의 얼굴을 올려다보며 죽산댁은 창자를 다 토해 내듯 처절하게 통곡했다. 그러나 다음 순간, 그녀는 언제 통곡을 했나 싶게 번개처럼 경찰에게 내달았다. 방심하고 있던 경찰은 그녀를 막고 어쩌고 할 새가 없이 "아야야야……" 하고 비명을 질렀다. 그녀가 경찰의 팔을 물어뜯고 있었다. 경찰은 그녀를 떼쳐 내려고 버둥거리다가 총을 떨어뜨렸다.

"어! 저, 저 저년이!"

반대쪽에 섰던 경찰이 개머리판을 앞으로 돌려 잡으며 급히 걸음을 옮겼다. 그리고 개머리판으로 내려치려다가 상대방이 여자라는 것을 의식했는지, 개머리판을 내리고 발길로 죽산댁을 걸어찼다.

"이봐! 어디다가 행패여, 행패가!"

"이놈아, 누구를 차냐, 차기를!"

호산댁이 지팡이로 그 경찰을 때리려 했다.

그때 죽산댁이 팔을 물고 있던 경찰을 떠다밀며 돌아섰다. 떠밀린 경찰은 뒤로 넘어졌고, 죽산댁은 어느새 다른 경찰에게 덤벼

들었다. 그녀의 눈에는 파란 불이 켜져 있었고, 그 서슬에 놀라 "어! 어!" 하며 어물거리던 경찰은 순식간에 손을 물렸다.

"저런 미친년 좀 보소!"

팔을 물렸던 경찰이 총을 집으며 감정을 터뜨렸다. 죽산댁을 가만두지 않을 기세였다.

"아야야, 아이고, 아이고!"

손을 물린 경찰은 비명을 지르며 다른 주먹과 무릎으로 죽산댁을 치고 찼다. 그러나 죽산댁은 떨어지지 않았다.

"요것이 뭣들 허는 짓거리여, 시방!"

남자 목소리가 쩌렁 울렸다. 두 손을 허리에 걸치고 버티어 선 사람은 염상구였다.

마침 개머리판을 꼬나 잡고 죽산댁을 향해 내닫고 있던 경찰이 염상구를 알아보고는 주춤 멈춰 섰다.

"아가, 큰아가, 시동생 왔다, 시동생."

호산댁이 작은아들을 보며 큰며느리를 흔들었다. 그 말에 죽산댁은 물고 있던 손을 놓았다.

"염 사장 잘 오셨소. 염 사장 엄니허고 형수씨가 시방 공무 집행 방해를 허면서 이 난리판굿이요."

팔을 물린 경찰이 염상구가 반가운 양 말했다. 염상구는 매달린 목을 흘낏 올려다보았다.

"그려서, 나보고 엄니, 형수씨 말려 달라 그것이여?"

염상구의 말은 얼굴만큼 싸늘했다.

"야아?"

팔을 물렸던 경찰이 어리둥절해했다.

"여러 개소리 씹어 돌리지 말고 싸게 저것 내려!"

염상구가 두 경찰에게 소리쳤다.

"아니, 어째 그러신다요?"

손을 싸잡은 경찰도 어리둥절해졌다. 상대방은 틀림없이 청년 단장 염상구였던 것이다.

"요런 개 같은 새끼들아, 살아서나 빨갱이제 죽어서도 빨갱이여! 당장에 못 내리겄어!"

염상구가 두 경찰의 어깻죽지를 동시에 치며 외친 소리였다.

그려, 니가 사람이다. 하면, 느그 성인디. 그제야 마음을 놓은 호산댁은 솟구치는 서러움을 눈물로 쏟았다. 워메, 시동생이 인제 사람이시. 죽산댁도 고마움과 서러움이 범벅된 눈물을 줄줄이 흘렸다.

"다 알면서 어째 이러시오."

팔을 물렸던 경찰이 난처한 얼굴로 말했다.

"요것이 우리 맘대로 못허는 일 아니오."

손을 물렸던 경찰이 사정하듯 말했다.

"좋아, 느그가 못허겄다면 내가 헐 것잉게 비켜나!"

염상구가 허리에 걸쳤던 손을 허공에 뿌리며 앞으로 나섰다.

"그리는 못허요."

"서장헌테 가서 말허씨요."

두 경찰이 엇지게 잡은 총으로 염상구 앞을 가로막았다.

"햐아! 느그가 나허고 완력으로 허자 그것이냐." 염상구는 코웃음을 날리고는 "좋은 말로 헐 때 앞 티워. 까불면 마빡에다 칼침 박고 말 것잉게." 하며 잔인스럽게 내쏘았다.

"맘대로 혀. 요것이 빈 총이 아닝게."

두 경찰이 재빨리 총을 겨누었다.

"햐, 느그가 참말로 막보기로 나올 참이여? 그려, 칼침보다 총알이 더 빠르겄제. 알었어, 나허고 총으로 혀 보겄다 그것이제. 기둘려, 권 서장 놈 마빡에서 느그들 마빡까지 빵꾸를 뚫어 줄 것잉게."

말을 하면서 염상구의 실눈은 점점 가늘어졌다. 그는 말을 마치자마자 홱 돌아섰다.

"어이, 싸게 서장님헌테 보고허소."

손을 물린 경찰이 말했다.

"알겄구마. 핑 댕겨올라네."

팔을 물린 경찰이 총을 어깨에 둘러멨다.

둘러선 사람들이 웅성거리기 시작했다.

"요것을 어째야 쓰겄냐. 상구 성질에 참말로 청년단을 몰고 나올 것인디."

호산댁이 걱정스럽게 큰며느리를 보았다.

"냅두씨요. 그리 안 허면 아범 못 찾을 것잉께라. 서로 총질이야 못허요."

죽산댁이 시어머니의 손을 잡으며 말했다.

사태를 보고받은 권 서장은 난감했다. 염상구가 그렇게 나올 줄은 생각도 못했던 것이다. 환영할 리야 없지만 그저 못 본 척할 줄 알았다. 청년단이 총을 들고 나서고, 감정이 격해져 총질이 일어나고……. 그는 더 상상하고 싶지 않았다. 경찰과 청년단이 총을 맞겨눈다는 것부터가 경찰 체면 손상이고, 거슬리더라도 염상구의 성질에 불을 붙여서 좋을 게 없었다.

"유 순경, 청년단이 밀려들면 마지못한 척 물러서시오. 절대로 경찰이 그걸 내려 주지는 말고, 염상구나 청년단 손으로 떼어 가게 내버려 두란 말이오. 알겠소?"

"예, 알겠구만요."

팔을 물린 유 순경은 서장의 말뜻을 알아들었다. 그렇게 되면 혹시 무슨 문제가 생겼을 때 그 책임이 염상구에게 돌아가는 것이었다.

염상구는 총을 든 청년단원들을 몰고 역으로 쳐들어왔다. 그
살벌함에 사람들이 길을 틔웠다. 두 경찰도 슬금슬금 뒷걸음질을
쳤다.

경찰이 붙어나 있으리라고 생각했던 염상구는 권 서장이 충돌
을 피해 섰다는 눈치를 챘다.

"저것 내려라!"

염상구가 명령했다. 청년단원들이 우르르 시전대로 몰려들었
다. 시전대가 천천히 눕혀졌고, 죽산댁이 치마를 받쳐 들었다. 염
상진의 목은 그 치마 위로 옮겨졌다. 죽산댁이 치마를 감싸며 주
저앉았다.

"아이고메, 광조 아부지이⋯⋯."

통곡과 함께 그녀의 온몸이 심하게 떨렸다.

이틀 뒤에 염상진의 상여가 나갔다. 그는 율어로 가는 길목 어
느 산자락에 묻혔다. 짚동으로 몸체와 두 팔다리를 만들어 붙인
그의 관 위에 서민영과 김범우가 흙을 세 삽씩 뿌렸다.

장례가 끝나고 며칠이 지났다. 어둠이 장막을 친 깊은 밤, 무덤
가에 그림자들이 나타났다. 그림자들은 무덤을 에워쌌다. 그림자
는 모두 여섯이었다. 철이 늦어 벌레 소리 한 가닥 울리지 않고,
찬 바람에 낙엽들 구르는 메마른 소리만 스산하게 들려왔다. 그
림자 하나가 무덤 앞에 무릎을 꿇었다.

대장님, 지가 왔구만이라. 대장님이 먼저 가셔 뿔고, 지가 살아
남을 줄 몰랐구만이라. 대장님 앞에 면목 없구만요. 그려도 다 아
시제라. 지가 총알 피해 댕기면서 더럽게 살아남은 것이 아니란
거 말이제라. 대장님, 편안히 먼저 가시씨요. 지도 대장님헌테 배
운 대로 당당히 싸우다가 대장님 따라 깨끔허게 갈 것잉께요. 대
장님, 근디 지가 남은 역사 투쟁을 허고 죽기 전에 한 가지 허고
싶은 일이 있구만이라. 지 맘대로 허기 전에 대장님헌테 말씀드릴
라고라. 고것이 뭐고 하니, 지가 할아부지헌테 받은 이름을 지 손
자 놈헌테 넘겨줄라고라. 요 말을 죽기 전에 아들헌테 전허고 죽
을랑마요. 대장님, 우리는 아직 힘이 남아 있구만요. 끝까지 용맹
스럽게 싸울 팅게 걱정 마시씨요.

그림자들은 소리 없이 움직이며 차례로 무덤 앞에 무릎을 꿇
었다.

대원들이 대장 염상진을 만나는 동안 하대치는 두 손에 힘주
어 총을 잡고 어둠을 응시하고 서 있었다. 짙고 짙은 어둠이 끝없
이 펼쳐져 있었다. 어둠이 짙은 만큼 적막도 깊었다. 그러나 산줄
기만은 어둠 속에서도 그 윤곽을 어렴풋이 드러내고 있었다. 그
산줄기는 어둠 속에서도 장중한 무게와 굳센 힘을 간직하고 있었
다. 그는 그 억센 산줄기의 봉우리 봉우리에서 타오르는 봉화를
보고 있었다. 그 봉화는 너울너울 불길을 일으켜 어둠을 사르며

줄기줄기 뻗어 나간 산줄기를 따라 끝없이 피어나고 있었다. 그리고 그 수많은 불꽃과 함께 함성이 들려왔다.

헛것을 보고 있는 게 아니었다. 헛소리를 듣고 있는 것도 아니었다. 봉우리마다 봉홧불이 타올라 불꽃 행렬을 이룬 때가 분명 있었다. 그리고 그 봉홧불의 기세를 따라 다 같이 함성을 지르며 투쟁하던 때도 분명 있었다. 그의 가슴에는 지금도 변함없이 그 불길이 타오르고, 그 함성이 울려 퍼지고 있었다.

그는 가슴을 펴며 숨을 들이켰다. 밤하늘이 시야를 채워 왔다. 그가 본 것은 넓게 펼쳐진 어둠이 아니라, 어둠 속에서 빛나고 있는 수많은 별들이었다. 살아 숨 쉬는 그 별들이 가슴을 뭉클하게 했다. 먼저 떠난 대원들은 죽은 게 아니었다. 그들은 모두 혁명의 별이 되어 어둠 속에서 저리도 또렷한 모습으로 빛나고 있었다. 그는 봉화가 타오르고, 함성이 울리고 있는 가슴에 그 별들을 옮겨 심고 있었다.

끝 간 데 없이 펼쳐진 어둠 속에 적막은 깊고, 별들의 반짝거리는 소리인 듯 바람 소리가 멀리 스쳐 흐르고 있었다. 그림자들은 무덤가를 벗어나 광막한 어둠 속으로 사라져 갔다.

〈끝〉

262

주요 인물 소개
소설에 담긴 역사 용어 정리

주요 인물 소개

김범우

지주이면서도 소작인들의 존경을 받는 김사용의 아들이자 독립운동을
위해 만주로 떠난 김범준의 동생. 공산주의자 염상진과 신분의 차이를
넘어 형 동생 사이로 지내기도 했으나, 이념보다는 민족을 중요시하며
좌익과 우익 어느 쪽도 선택하지 않고 교육을 통해 사회 변화를 이끌고
자 한다.

김범준

김사용의 큰아들이자 김범우의 형으로, 일제강점기에 독립운동을 하다
행방불명된 인물. 그 용맹한 행적을 기리고 흠모한 많은 사람들은 오랜
시간 그가 돌아오지 않자 만주에서 죽었을 것이라고 짐작한다. 하지만
전쟁이 일어난 후 그는 이전과는 전혀 다른 모습으로 나타난다.

정하섭

술도가 집 정 사장의 아들로 중학 시절부터 좌익 서클을 주도한 인물.
김범우와 염상진 모두와 인연이 있으나 결국 염상진의 이념을 따르게 되
고, 그의 추천으로 공산당에 입당한다. 빨치산의 자금 조달 등의 임무를
맡고 있으며, 어린 시절 연모했으나 신분의 차이로 멀어질 수밖에 없었
던 무당의 딸 소화와 은밀한 정을 나누게 된다.

하대치

동학 농민 운동에 가담했다가 화전민이 된 집안에서 태어난 소작인 출신 빨치산. 일제강점기에 일본인 지주를 상대로 소작 쟁의를 일으켰다가 징용에 끌려갔다 왔다. 소작회에서 만난 염상진의 사상과 됨됨이에 감화되어 빨치산이 되었다. 기민하고 용감하게 일을 처리하여 동료들의 신임을 받는다.

염상진

벌교, 보성 등지를 근거로 한 빨치산의 투쟁을 총괄하는 대장. 일제강점기에 사범학교를 졸업하고도 일제의 사상을 교육할 수 없다는 신념으로 농사를 지으며 독립운동과 적색 농민 운동을 주도했다. 해방 후 사회주의 운동에 매진하며 공산당원이 되고, 조직을 이끄는 통솔력뿐 아니라 인간적인 면모로 주변의 존경을 받는다.

염상구

염상진의 동생이지만, 형과는 정반대의 길을 걷는 인물. 첫째 아들을 중요하게 여긴 아버지의 의도적인 차별에 불만을 품고 비뚤어진 삶을 살아간다. 일본인 선원을 죽이고 도망쳤다가 해방 후 벌교로 돌아와서는 청년단장 감투를 쓰고 권력에 빌붙어 좌익 행위자 색출과 그 가족들 감시에 열을 올린다.

소화

무당 월녀의 딸로, 내림굿을 받아 무당이 된 비운의 여인. 어릴 적에 비파 두 알을 건네던 소년 정하섭에 대한 애틋한 그리움을 간직하고 살아간다. 빨치산의 신분으로 찾아온 정하섭을 도와주고, 그를 위해 헌신한다.

안창민

대지주의 손자로 염상진과는 사범 학교 선후배 사이. 학창 시절 사회주의를 신봉했지만 졸업 후에는 국민학교 선생이 되어 염상진과는 다른 길을 간다. 하지만 실상은 읍내 지하 조직을 움직이는 보이지 않는 손이었고, 결국에는 붉은 완장을 차고 염상진 무리에 합류한다.

이지숙

셋째 오빠를 통해 사회주의를 접하고 빨치산 세포로 활동하는 인물. 야학 선생으로 위장한 채 빨치산의 지령을 퍼뜨리고, 마을의 일을 은근히 빨치산에게 전하는 일을 한다. 한편으로 안창민에 대한 사랑을 품고 있다.

전명환

벌교에 있는 유일한 병원의 원장. 좌·우익에 상관없이 신념에 따라 병자를 치료한다. 빨치산인 안창민을 치료해 줬다는 이유로 경찰에 붙들려가 고초를 겪기도 하고, 한국전쟁이 일어나서는 우익으로부터 공산주의자로 의심받기도 한다.

서민영

양반이면서 직접 농사를 지으며, 독립운동을 하다 고문을 받아 절름발이가 된 인물. 해방 후 야학을 운영하며 염상진, 안창민, 김범우, 손승호 등에게 사상적으로나 인간적으로 영향을 준다. 약자의 편에 서서 그들을 돕는 일이라면 자신에게 닥칠 고초도 마다하지 않아 읍민들에게 존경을 받는다.

손승호

좌익 활동에 몸담았다가 사상의 변화를 일으키고 전향한 인물. 사회주의를 버렸으나 그렇다고 다른 이념을 선택한 것은 아닌, 사상의 공백 상태에 있다. 보도연맹 가입을 피해 서울로 올라와 친일파 관련 서적을 출판했다가 남로당 프락치로 몰린 뒤로 이전과는 다른 변화를 보인다.

심재모

좌익 척결을 위해 벌교·보성지구 계엄사령관으로 파견된 인물. 학병 출신으로, 평소 지주 노릇이나 친일을 하다 해방 후 지배 계급으로 다시 군림하는 사람들을 경멸한다. 소작인과 지주 사이에서 균형 잡힌 판단을 내리려고 노력하며, 서민영·김범우 등과 우호적인 관계를 유지한다. 하지만 지주들의 이익을 대변하지 않음으로 인해 용공 행위자로 내몰린다.

이학송

신문사 정치부 기자로 김범우, 손승호 등과 교류하는 인물. 한때 사회주의 계열 단체인 문학가동맹에 가입했다는 이유로 빨갱이로 몰려 경찰에 잡혀가 고문을 당하고 강제로 전향서에 도장을 찍게 된다. 이후 공산당 기관지인 《해방일보》로 근무지를 옮긴다.

소설에 담긴 역사 용어 정리

빨치산

1945년 해방 이후부터 1955년까지 활동한 공산주의 비정규군을 일컫는 말이다. 원래 러시아어 파르티잔(partizan)이라는 말에서 유래했는데, 이는 노동자나 농민 들로 조직된 비정규군을 뜻하는 유격대와 가까운 의미이다. 하지만 이념 분쟁 과정을 통하여 좌익 계통을 통틀어 비하하고 적대감을 조성하는 용어로 변하였고, 그 결과 '빨갱이'로 바뀌었다. 흔히 조선 인민 유격대라고 부르며, 남부군이나 공비, 공산 게릴라라는 표현도 사용되었다.

신탁 통치

강대국이 독립할 능력이 없는 나라를 국제 연합(UN)의 감독하에 일정 기간 통치해 주는 특수 통치 제도이다. 1945년 12월 모스크바 3국 외상 회의에서 "한국은 정부 수립 능력이 없으므로 5년간 미·영·중·소 4개국이 신탁 통치한다."라는 내용을 결정하였다. 이로 인해 한반도에서는 신탁 통치 반대 운동이 치열하게 전개되었고, 북쪽에서는 처음에 신탁 통치를 반대하다가 나중에 신탁 통치를 찬성하였다.

서북청년단

1946년 11월 30일 설립한 우익 청년 운동 단체이다. 월남한 이북 각 도별 청년 단체인 대한혁신청년회, 북선(北鮮)청년회, 함북청년회, 황해회 청년부, 양호단, 평안청년회 등이 통합하여 대공 투쟁을 능률적으로 수행하고자 설립하였다. 남한에는 아무 연고도 없는 북쪽 청년들을 적극적으로 포섭해 합숙소에서 공동생활을 시키면서 공산주의에 대한 그들의 적대감을 활용해 좌익 공격에 앞장서게 했다.

제주 4·3 사건

1947년 3월 1일을 기점으로 하여 1948년 4월 3일에 발생한 소요 사태 및 1954년 9월 21일까지 제주도에서 발생한 무력 충돌과 진압 과정에서 주민들이 희생당한 사건이다. 국제 연합에서 남한 단독 선거 결정이 내려지자 남한에서는 단독 정부 수립 반대 운동이 전국적으로 벌어지면서 군경과의 유혈 충돌이 발생하였다. 이때 제주도에서 경찰의 발포가 이어졌고 이에 항의하여 주민들이 총파업을 전개하였다. 이후 미 군정청이 경찰과 우익 단체(서북청년회 등)를 동원하여 무력으로 탄압하였다. 이에 맞서 좌익 세력이 무장 봉기를 일으켰고, 일부 지역에서 5·10 총선거를 무산시켰으며 좌익 세력의 유격전이 전개되었다. 그 결과 군경의 초토화 작전으로 많은 수의 무고한 주민이 희생당하였다.

대동청년단

1947년 9월 21일에 결성된 한국의 청년 운동 단체이다. 상해 임시 정부의 광복군 총사령관을 지낸 지청천(池靑天)이 당시 32개의 청년 단체들을 통합하여 결성한 청년 단체로, 8·15 광복 뒤의 혼란한 시기에 많은 활약을 하였다. 이들은 막강한 조직을 갖추고 반공 및 단독 정부 수립을 주장한 이승만 노선에 협조하였다. 1948년 대한민국 정부 수립 후 이승만의 명령으로 해산하여 대한청년단에 통합되었다.

남한 단독 정부 수립

국제연합 결의에 따라 1948년 5월 10일, 남한만의 단독 총선거가 치러져, 국회의원이 선출되었다. 이들에 의해 헌법이 제정되고(1948년 7월 17일), 간접 선거를 통해 이승만이 대통령으로 선출되었다. 1948년 8월 15일, 이승만이 건국을 공포함으로써 대한민국이 수립되었다. 남한에서 대한민국이 수립되자 북한에서도 최고 인민 회의 대의원을 선출하고(1948년 8월 25일), 이어 북한 헌법을 채택하였다. 1948년 9월 9일, 북한은 헌법에 정한 대로 김일성을 수상으로 하는 조선 민주주의 인민 공화국 수립을 선포하였다.

반민족행위특별조사위원회

1948년 9월 22일, 대한민국 제헌 국회가 친일파를 처벌할 목적으로 특별법인 반민족행위 처벌법을 제정하고, 그해 10월 22일에 반민족 행위특별조사위원회(약칭 '반민특위')를 설치하였다. 반민 특위는 친일파 선정을 위한 예비 조사 후 7천여 명의 친일파 일람표를 작성하고, 그중 전국적으로 알려진 친일파 중 도피를 꾀하는 자 체포를 우선시하였다. 그러나 친일 세력과 이승만 대통령의 비협조와 방해로 반민특위의 활동은 성과를 거두지 못하였다. 오히려 친일 세력에게 면죄부를 부여하는 결과를 초래하였고, 나아가 이들이 한국의 지배 세력으로 군림하였다.

여수·순천 사건

1948년 10월 19일 전라남도 여수·순천 지역에서 일어난 국방경비대 제14연대 소속 군인들의 반란과 여기에 호응한 좌익 계열 시민들의 봉기가 유혈 진압된 사건이다(약칭 '여순사건'). 당시 여수에 주둔하고 있던 국방경비대 제14연대 소속 군인들이 반란을 일으키며 전라남도 동부 6개 군을 점거하였다. 이에 위기감을 느낀 정부는 대규모 진압군을 파견하여 일주일여 만에 전 지역을 수복하였으나, 그 과정에서 상당한 인명·재산 피해가 발생하였다. 그리고 이 사건을 계기로 정부에서는 '국가보안법' 제정과 강력한 숙군 조치를 단행하게 되었고, 결과적으로 이승만 대통령의 철권통치를 강화하는 계기가 되었다.

농지개혁법

1949년 6월 21일, 북한에서 농지를 무상 몰수하여 농민에게 무상 분배한 농지개혁이 실시됨에 대응하여, 대한민국에서도 농지개혁을 실시하기 위하여 제정된 법률이다. 대한민국은 북한과 같이 무상 몰수와 무상 분배는 허용되지 않아 소유자가 직접 경작하지 않는 농토(소작인이 경작하는 농토)에 한하여 정부가 5년 연부보상(年賦補償)을 조건으로 소유자로부터 유상 취득하여 농민에게 분배해 주고, 농민으로부터 5년 동안에 농산물로써 정부에 연부로 상환하게 하는 이른바 유상 몰수·유상 분배의 농지개혁법을 실시하였다.

국민보도연맹 사건

국민보도연맹(약칭 '보도연맹')은 1949년 4월 좌익 전향자를 계몽·지도하기 위해 조직된 관변단체이다. 하지만 한국전쟁 발발 후 1950년 6월 말부터 9월경까지 수만 명 이상의 국민보도연맹원이 군과 경찰에 의해 살해되었다.

김구 피살

민족의 지도자였던 백범 김구 선생이 1949년 6월 26일 서울 서대문 근처 거처인 경교장에서 육군 소위 안두희가 쏜 총에 피살되었다. 조국 광복을 위해 평생을 바친 73세 노 혁명가는 남한만의 단독 정부 수립에 반대하였으며 한반도 통일 정부 수립을 위해 노력하였다. 장례식은 국민장으로 거행됐으며, 유해는 효창 공원에 안장됐다. 암살자 안두희는 무기징역을 언도받았으나, 한국전쟁 발발과 함께 특사 조치로 석방돼 육군 중령으로 복귀하는 등 배후에 대한 의문은 풀리지 않았다.

한국전쟁

1950년 6월 25일 새벽에 북한 공산군이 남북 군사 분계선이던 38선 전역에 걸쳐 불법 남침함으로써 일어난 전쟁이다. 전쟁 초기 남한이 불리했으나 국제 연합군의 참전으로 10월 말경에는 압록강 지역까지 국토를 회복했다. 그러나 중공군의 개입으로 전쟁은 3년 1개월간 끌었으며, 1953년 지금의 휴전선을 경계로 휴전이 성립되었다.

조정래 대하소설
태백산맥 청소년판 10

초판 1쇄 2016년 11월 8일
초판 3쇄 2020년 12월 30일

원작 | 조정래
엮음 | 조호상
그림 | 김재홍
발행인 | 송영석

발행처 | (株)해냄출판사
등록번호 | 제10-229호
등록일자 | 1988년 5월 11일(설립일자 | 1983년 6월 24일)

04042 서울시 마포구 잔다리로 30 해냄빌딩 5·6층
대표전화 | 326-1600 **팩스** | 326-1624
홈페이지 | www.hainaim.com

ISBN 978-89-6574-610-2
ISBN 978-89-6574-611-9(세트)

이 도서의 국립중앙도서관 출판예정도서목록(CIP)은 서지정보유통지원시스템 홈페이지(http://seoji.nl.go.kr)와
국가자료공동목록시스템(http://www.nl.go.kr/kolisnet)에서 이용하실 수 있습니다.(CIP제어번호: CIP2016025428)